台妹時光

陳雪 著

目次

輯二　悲戀的公路

輯三　飄浪之女

輯四　花街舊事

輯五　少女的祈禱

台妹時光

代序

BB Call很台，野狼機車很台，高腰緊身牛仔褲配白球鞋很台。烤肉很台，釣蝦場很台，有舞台舞池點歌單的卡拉OK很台。肉圓很台，臭豆腐很台，放了很多高麗菜的薑母鴨很台。

「台」是個美麗的字。

彼時天空很高，雲特別潔白，還沒有人手一機地低頭，還會給彼此寫信，準備很多零錢打公用電話，走廊下苦苦等著郵差到來。那時，倘若約了誰，沒辦法臨時傳個簡訊說：「我會晚點到」，知道對方會等，排除萬難也要趕到，那時，還有抱柱之信，也會有被爽約的痛苦，那時，承諾不輕易，卻時常心碎。

戀人們穿同一品牌的牛仔褲，合吃一碗熱湯，分喝一罐蘋果西打，彆彆扭扭接過來抽下生平頭一口香菸，闔上眼睛等待人生的第一個吻。

陽光下跨上摩托車，沒有戴安全帽，坐在後座一個急轉彎就摟緊了戀人的腰，心臟怦怦臉兒紅，還知道什麼是羞怯。

大樹下，騎樓間，市場旁，天橋底，公園中，野溪畔，窸窸窣窣花影交錯，燦燦爛爛海灘戲水，天光水影哪兒都可以看見，戀人們一點也不宅。

總是在吃點什麼，總是在等待什麼，總是攢緊了手生怕打碎了什麼，總是在期待著十七歲生日，十八歲生日，好不容易等到二十歲來到，無論如何用力追趕，離你愛的人就還是有十來歲的差距。

台灣國語很台，浪子頭很台，白布鞋很台，男子漢很台，女子漢也很台，你談著很台的戀愛，二十歲了才懂得回頭來學母親的話，因為戀愛才喜歡上拼命想逃離的夜市那條街，「台」是個抽象的字眼，你只知道他們帶你走進你打少女時期就熱望著的飄ノ生活，生活複雜艱難，愛情也是，天還是那麼高，雲是被揉亂了的字，你像個少女一樣莽撞地戀愛，卻又像老婦人那麼謹慎地憂傷。

誰誰誰都有一張美食地圖領著你到處去，你就跟著去，不是為了吃，而是為了更加理解對方，去到哪兒都是驚奇，但其實從來沒有脫離你父母所生長的環境，你像異鄉人那樣待在父母之鄉，那個台台的世界，於你，終於有高山低谷、有內容有縱深了。

你常仰著頭因為個子小還是崇拜大人的世界，若要問你最喜歡吃什麼你是沒有主意的，誰誰誰是你熱愛的對象但你的愛還是禁忌，是祕密，是好不容易等到二十歲可以談戀愛了，卻非常不幸地不可告人，於是你們又吃下一碗熱湯，你仰著頭任性喝下人生第一罐啤酒，第二根香菸繚繞。熱淚燙傷眼睛。

長髮剪成短髮，一個戀愛談過一個戀愛，牛仔褲換成迷你裙，球鞋脫掉套上高跟鞋，從瀟灑到糾纏，二十，二十五，三十歲逼近了，誰誰誰，誰誰誰，走馬燈的光屏，映照出戀愛、青春、飲食、男女、經濟、人情、歌聲、酒杯、搖晃的夜晚、慵散的午後、無人知曉的冬日早晨。那一條永遠走不透的高速公路，蛛網纏結的鄉道縣道，坐在貨車助手席上，多年之後才知道你把愛情走成了一條百轉千回的道路，你傷過誰與誰的心，那個誰誰也使你徹夜痛哭，回頭無望。

「台」是個美麗的字，永遠定義不清，易於引發爭論，卻可概括描繪出你多舛的愛情，早熟的憂愁，你善換的情人，台啊，台客，台妹，台T與你並肩走在黃昏的故鄉，踏上悲戀的公路，提起溫泉鄉的吉他，走晃在男子漢麵攤，相約於女子漢釣蝦場，轉動命運青紅燈，旋轉著舞女跳恰恰恰。

恰，吐在免洗杯裡的檳榔渣，恰恰，堆疊在餐桌底下的啤酒罐，恰恰恰，那個你耳熟能詳的草莽故事，年輕時就離鄉背井到小鎮打拼，從鄉村少年變成逞兇鬥狠的「流氓」「七桃郎」，迎接他們的原來是不存在的江湖，等到你走進他們河邊的小屋，浪子已是燈紅酒綠過鬆垮的臉皮，檳榔染紅的嘴唇，酒精弄壞的身體，手臂上頂著褪色的刺青，額髮漸高，滿身疲憊。

熬過戀愛的高燒，熬過經濟的困頓，熬過瘋狂逃竄，從青春熬到中年，你看起來已經像個都市人，表皮的台味散透，走到無路可走，轉眼路突然寬敞了，不知是生命不再為難你，或是你不為難自己，原來回頭有望，最野最收不住心的也能落定，有了自己的餐桌，安穩的睡床，牽手的侶伴，靜美生活裡你對她切切說起倉皇混亂的過去，「其實我是個台妹」，回憶像告白。

你細細描摹著並不如煙的往事，那些被揉亂了的字，點點如星，標誌著所有故事的關鍵詞，餐廳秀、夜市、釣蝦場、卡拉ＯＫ、褪色的紋身、金盆洗手退不出的江湖，七逃仔夢想的小吃店，滿屋手錶的走鐘人生。

然後燈光倒轉，投影在更遠、更遠的地方，竹圍裡傍晚來臨的賣菜攤車，「賣菜歐！」菜販吆喝著，你總是聽見那聲吆喝，竹圍裡稻埕上蜻蜓低飛，阿叔阿伯的汗衫濕透，阿婆的搖扇轉轉，小孩兒登登的牽脫鞋，一家一家夜晚的燈亮起來……

謝謝愛過我們，以及我們愛過的。

輯一 河邊春夢

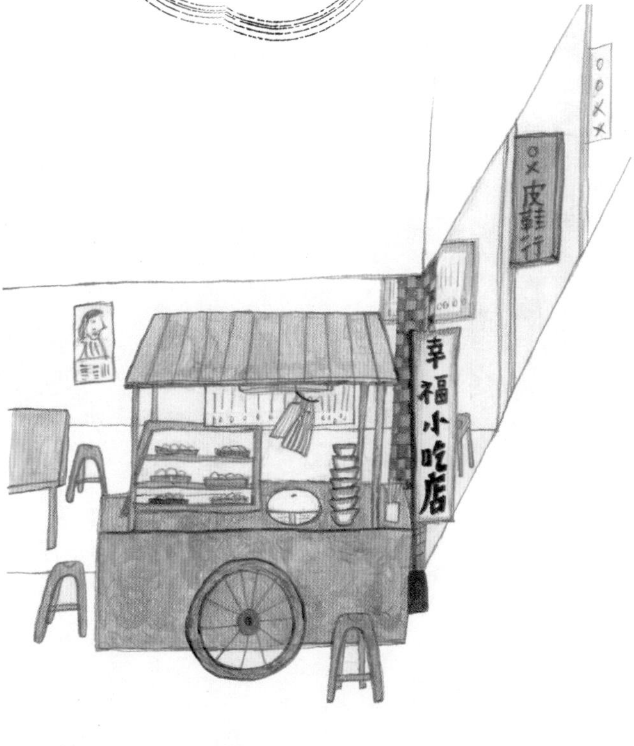

男子漢麵攤

當年，我都叫它做「男子漢麵攤」。

天黑才出攤，到了深夜，騎樓前幾張矮桌椅上滿滿都坐著兄弟，老闆一年四季都穿白色薄汗衫，胸前口袋裝著一包軟殼黃長壽，西裝褲，藍白拖，留著小平頭，一條半乾濕的白毛巾垂掛頸子，攤位賣的是土虱湯、乾麵、切滷菜。攤車旁左右各立一張木桌，靠近老闆煮麵的湯鍋那側，窄小桌面上擺著一個鐵質大茶筒，筒身周圍擺滿四五十個金色小茶壺，裝的是藥酒。近老闆娘那側的長桌器具繁多，有鐵製的蒸箱，高高幾層抽屜拉開冒出轟熱水蒸氣，是小甕裝的藥燉土虱，蒸箱旁小折疊桌安放有綠紗網的小櫥櫃裡面分上中下三層，盛放豬頭皮滷大腸豆乾等乾滷味。

老闆娘，大家都喊嫂子，負責端湯、切菜、打包、收帳，也負責讓人賒帳，一塊硬紙板夾在攤車遮雨棚邊緣，熟客或奧客，錢給多了或給少了，她逐一用原子筆悄悄記上。

老闆身上看不見刺青，我總覺得像他這樣的人不可能沒有，但就是沒看見，我曾在大夥酒酣耳熱快收攤之際見過老闆打著赤膊，皮膚白得嚇人，然沒有刺青。倒是右手小指不見了，只留下一小截像被砍斷的樹根，提醒人那兒曾經有過稱之為小指的物體，雖然沒有小指，老闆做起事來比一般人更俐落。那時我暫居情人L住處，在台中市郊，每個星期總有一兩天，他會帶我去那個麵攤，就像都市的人們泡咖啡館，L一走近那兒，人人都認識他。

仔細一看，L與老闆頗有神似之處，都是長相清俊卻面露兇光，嘴唇都被檳榔染紅，卻沒有邋遢相，老闆個子更高大，站在攤車棚子下幾乎得拱著背，L有個刺青，刺在右手腕上，一顆心被箭刺穿，很令人懊惱地不是什麼有氣勢的圖騰。L一到，老闆娘會自動送上幾盤小菜，片得很薄的豬耳朵、片成絲的滷豆乾、海帶絲，簡直像刀法炫技，什麼都要切成細片薄絲，是老闆為L喜好而特製。

小菜送上，金色藥酒就送來兩壺，緊接著上來土虱湯是我喝的，乾麵照例兩碗，L總會把乾麵裡的豆芽菜夾給我，痛風不能吃。不一會，根本沒相約的朋友陸續到了，切成正常大小的滷菜再上來三大盤，小金壺一人一壺，這時年紀輩分小的幾個小弟分別去買檳榔、提酒，不識相的有人買來鹹酥雞，或者騎摩托車把女朋友也帶過來。

桌面滿滿都是杯盤，很快盤子就空了，有時續菜，有時續酒，有時爭吵，有時打鬧，人陸續來，陸續走，總維持七八個。L跟老闆都沉默，老闆娘會倒涼水給我喝，說是她自製的清肝退火茶，她一口廣東國語，但問她是不是香港人，又說不是，她不愛提自己，喜歡問我話。男人們在一旁喝酒談天，我會去幫她端滷菜，一到桌前就停下來說話，她說老闆在自家後院挖了個大池子養土虱，其實她很怕這些黑溜溜的玩意，得殺，院子裡都是血，每天早晚她都拜佛，我問她老闆的小指怎了，她壓低聲音告訴我，「這個他連我也不說，反正一定跟女人有關。」L對我搖手，想是暗示不要我多話，我找個話題空檔轉回我們那桌，一落坐，大夥仍在吃吃喝喝，L在桌下捏著我的手，用手指在我掌心寫著，走。無論我們待多久，照例都是L買單。離開攤位前，L會過去跟老闆打招呼，我拿著他的皮夾去買單，老闆會用力拍一下L的背，像是生氣似地說：「騎卡慢勒啦！」L回他一拳敲在肩上，之後我們跨上摩托車，竄進了黑街裡。

兄弟們的絲瓜豆簽湯

與L同住的那段日子，是從自己的現實裡出逃至他人的生活，人生裡的長假，知年歲卻沒有時間感，西元一九九九年，我快三十歲了，但心態還像孩子一樣。完全沒有廚藝可言的我，有時也會下廚，都是煮麵。L在塑膠工廠上班，工廠按日計酬，一日一千五，訂單多時連著一個月加班不放假，訂單少，有時只上十天班，沒班的日子，L便跟朋友去搭鷹架，工頭是大黑個，阿美族與外省人之子，台語一級棒，為人極豪氣，他手下七八個工人，跟他到處跑，無論L有沒有跟他們同班出工，他們時常到家裡來晚餐。

夏天傍晚，六點天還沒黑，遠遠就聽見人聲嘈雜，聽見老爺卡車噗噗的舊引擎艱難地喘氣，車子停在院子外，沒打一聲招呼就推門進來，「嫂子我們餓了」，家裡簡直成了水泊梁山。

台妹時光

我不知道自己來到此處之前，這屋裡可有住著其他嫂子，因為以我的廚藝與體能，要餵飽這一群飢餓的工人，根本不可能，最簡單的方法是請他們下工就從街上打便當回來，但他們偏偏不這樣，我聽他們進門了，就拎著錢包從後門走出，五分鐘路程，到一個小雜貨店，買兩大包家庭號麵條，三個沙丁魚罐頭，如果冰箱裡還有蔥薑蒜，就再買一斤雞蛋，冰箱堆滿L在市場賣菜的結拜每日送來的蔬菜，我只需再買兩瓶清酒，一瓶高粱，小快步跑回家。

「嫂子，吃麵容易餓啊！」一定有某個黑胖的白目小子會這麼說，工頭大黑便往後腦勺掄他一掌，「有得吃就偷笑了。」我只會煮大鍋湯麵，就是雞蛋煎配上沙丁魚跟蔥薑先炒過做配料，放一旁等著，煮一大鍋滾水放進麵條與高麗菜，麵熟之後再把配料放進去，非常簡單的作法。L喜歡吃這樣，當然若我能做五菜兩湯他可能更愛，但他沒要求，我煮了湯麵，院子裡擺張鋸短了腿的大紅桌，塑膠板凳一人一張，椅子若不夠，就往外頭的機車、院子裡的石頭、圍牆的紅磚，有啥坐啥，家裡能用的碗筷全拿來，大鐵勺撈麵，一碗一碗簡直喝水似地，沒一會大鍋見底，感覺大夥其實都還餓，才剛點開了胃口。

我到這院子裡時還嫩綠的絲瓜藤，忽然絲瓜茂盛都可以收成了，L拿鐮刀去割，說起以前南部老家都煮豆簽湯，大夥問什麼是豆簽，大黑工頭說：「明天我買來」。接下來的時間當然免不了誰再去買酒，碗盤都撤下，個頭跟我差不多的乾瘦小伙子會自告奮勇去洗碗，我也進去幫忙，「嫂子，下次煮飯吧！」他不死心地說，「等到換嫂子再說吧！」我說。人群總是天黑還不散，得鬧到夜裡，終於大家都散了，我們去遛狗，我問L「豆簽」是什麼，他神祕地說，「明天煮了你就知道」，囑咐我去市場買蝦皮、薑絲與蛤蜊。我問他以前的嫂子都煮什麼，他說，「還真的勒？以前我也不認識他們，屋裡有女人了大家才愛來吃。」換句話說以前這屋子沒女人嗎？我沒再問。隔天傍晚，大家又風風火火地來了，豆簽看來很像細黃的麵條曬乾成捲，一包四片，共買了四包，L割下幾條絲瓜，加上蛤蜊快炒，豆簽在湯水中慢慢舒展成條，又是一大鍋麵了。

近晚的涼風裡，終於不再吃沙丁魚罐頭了，絲瓜清爽蛤蜊鮮潤，豆簽滋味特別，尤其是L下廚啊，他的廚藝豪邁又細膩，過癮！眾人笑語中，L笑得特別開朗，眼旁的皺紋密布，見我的碗空了，又起身幫我添了一碗。我想起這時節鄰居伯母一定又會送來讓母親頭痛的好多絲瓜，想起父母一定正在為行蹤成謎的我煩惱著，我決定搖搖頭不再想。豆簽吃起來有一種滑溜感，鍋子一下就見底了，「嫂子，明天煮飯吧。」小黑又蹭過來，「買便當吧。」我說，天色完全黑暗了，遠遠有燈火，像誰的眼睛。

台妹時光

工人中午一碗粥

夏日最熱的正午，L還是騎車回家，只為喝一碗粥。

早上騎車去市場時我曾路過L工作的塑膠廠房，巨大如獸的鐵皮工廠，大門洞開似嘴，即使遠遠望去也能感覺廠裡瀰漫的高溫，把工人的臉都融化，分不清誰是誰。

門口堆疊成山的塑料布，花俏的色彩，俗麗的印染，難以想像是上百個穿著藍色制服嚼著檳榔的工人們製作出來的，我知道其中一個人是L，他說做了三年才從備料做到壓印，高溫嚇死人，但薪水也高，風險是被燙傷，得格外留神，「看功夫啦！」他說。

透熱天，早上四小時工作後回到家頭髮衣服褲子全都濕透，顯出他相較於身材特別窄小的頭顱，髮質柔軟且有禿頭的危險，兩頰發燙還沒退紅襯得他皮膚太白，中午休息一小時，隨便扒個便當大夥就各自找涼快處睡開了，但他總溜回家。

我大約十一點三十開始熬粥，有時會摻進一些番薯籤，河堤邊不知誰野種的番薯葉菜梗撕好，用熱水燙熟，放涼，醬油裡拍碎一顆蒜，鹹蛋洗淨紅土剖對半，豆腐乳用小湯匙仔細挖出完整一塊，淋上些許麻油，小碟菜、大碗粥扮家家酒似地擺上客廳的茶几，他差不多就進門了。

要說這是勞動工人的午餐，誰也不相信，但他返家來，就為了這一碗粥。

租來的河堤邊透天厝，說是客廳卻只有一台電視和幾張破椅，茶几也不知哪撿來的，玻璃上有裂痕用膠帶糊住了，他先進屋洗頭臉，電扇吹涼快，等臉上潮紅退了，雙手捧起粥，西哩呼嚕先喝半碗，才慢條斯理拿起筷子夾菜，「好吃！」他說，其實每日菜色相同，應該稱不上美味，早先我燙青菜只知加鹽，蒜頭醬油還是後來他囑咐我做的。「廠裡熱到想吐，哪還吃得下東西？」他說，把空碗放在桌上，還用筷子細心繼續把鹹蛋清乾淨，連殼裡的薄膜都挖起來吃，我注意到他手上有個紅印，想來是上午又燙著，我默默進屋拿了一罐藥，兩根棉花棒，他也無言接過來，我聽見蟬響，鳥鳴，河邊道路安靜得像深夜，他遲疑很久才上了藥，「睏嗎？」我問，「我坐一下就好。」他說。

沙發上他刻意與我保持距離，他自言自語「熱天這個才吃得下」，像耳語。來到這裡我也學習一種沉默的表達，但事實上我沒學會什麼，我把身體輕靠向他，伸手去握他的手，他抗拒說：「我身上不乾淨！」但我執意握他，他手心濕熱，不再閃躲。我想打破沉默，卻又決定還是不說為好，「太熱了。」他說，「以前我都不吃午飯，傍晚餓得腿軟。」「現在比較好。」

「我有煮涼茶，等會你帶去。」我說，屋子裡幾乎開始有點涼風了，不知是不是幻覺，我問他要不要上樓吹冷氣，他神色一正，搖搖頭，「躺了就不想起來了」，「現在坐在這裡就不想回去上班」，他又搖頭，「沒志氣」。

休息時間還有十分鐘，他又要了一碗粥，要我加點豆腐乳，直接拌進碗裡，像喝水似地一口氣全喝下，「吃了才知道餓。」他說，「如果以後沒有粥可以喝，要吃什麼？」他把碗放下，站起來，我也站起身，隨他走出門，把保特瓶裝的涼茶拿給他，他接過來，又搖搖頭，望著我說：「養成這種習慣真不好。」他騎上摩托車走了，頻頻回頭揮手要我進屋，「外面熱。」他大喊，我在門口站了一會，彷彿親眼看見他走進那獸嘴裡，他說得沒錯，養成這種習慣真不好。

台妹時光

卡拉OK與薑絲大腸

桃子姐年紀可能不比我大，只是個子高模樣成熟，桃子姐是圓月KTV的公關，圓月KTV是L的好友林大哥三妹開的店，因此緣故，我與L常去圓月光顧。我對大夥的稱呼一律跟著L，他喊哥我就喊哥，他叫妹我就叫妹，唯獨桃子姐，大家都喊她阿桃，我尊稱她一聲姊。她做的菜太好吃了，若我更大膽些，應該喊她廚神。

小小店裡裝潢簡單，有種舊時咖啡廳的氣息，當然霓虹燈閃爍，客人划拳喊酒，頗喧鬧，啤酒加梅乾再對番茄汁，裝進大公杯裡，一桌子傳來傳去，我最怕紹興的氣味，同桌有人喝我都受不了。L喜愛的是紅鶴酎，來此之前我從沒聽過此物，大概是清酒類的，有時也喝高粱、公賣局出的凍頂白蘭地。我酒量不行，一喝就醉，於是都喝溫開水柳橙汁。

我們一上桌小妹立刻送來兩碟小菜，丁香炒花生、開心果，點歌本很重，我們只翻台日粵語那本，小張黃色點歌單放在桌上，我常負責幫大家寫歌名歌號，拿去櫃檯小窗口交給放卡帶的打工妹妹。

舞台後方的小走道先通過洗手間、儲物間，走道盡頭就是一間設備齊全的廚房，平時有歐巴桑幫忙炒飯炒菜，但大家都愛吃桃子姐做的家常菜。紅燒肉、鹹酥蝦、炒箭筍、蔭瓜竹筍雞湯，最有名是薑絲大腸。大腸肥，薑絲辣，酸菜酸，完全是我不能下口的菜，L非常喜歡。

店子小員工不多，桃子與三妹跑全場，端菜、倒酒、划拳、跳恰恰、男女對唱，有時還得進廚房快炒幾道菜，客人不常滿座，滿座了必然都是朋友，有時林大哥也去客串跑堂，我也上台男女對唱。男子漢麵攤是L的咖啡館，圓月KTV就是他的交際廳，沉默的他，來到此處卻顯得風趣，幾杯酒下肚，還會跟小姐談天，他是熟女殺手，談笑間能見到他的瀟灑風情，客人鬧事，他還能拿張撲克臉嚇唬人，店裡的男女都愛他。桃子姐不算美，一張苦情長臉，惹人心揪，但她身材曼妙，有種憂傷的性感，因她性格矜持，酒客特別喜歡調戲她，遇上麻煩的客人，L會去解圍。我們沒出現的日子，也常接到她的求救電話。桃子姐命苦，酒客調戲她，前夫騷擾她，一肚子苦水，更苦的是，她原該跟L是一對的，年紀外型氣質背景，他們都該是一對，但偏偏中間有個我。

假日下午，桃子姐來了，客廳坐坐，問我L去哪，我說在樓上午睡，我去喊他吧，她悠悠說不用了，與我對看幾眼，我咚咚跑上樓，說，「桃子姐找你」，L在床上呆坐幾秒，我聽見桃子姐上樓了，「你們聊，我去遛狗」，大白天遛什麼狗，但我太尷尬了，不敢留屋裡，河堤邊走來走去，連狗都不撒尿，我就回去了，想是好奇心吧，我上了樓，房門半敞，瞥見桃子姐抱著L哭，L身體直得跟殭屍似地。我又下樓了。十分鐘後，桃子姐一張花臉下樓來，說聲「嫂子對不起，給你們惹麻煩」，眼淚都沒擦乾就走了。

我沒多問，傍晚L帶我出門，摩托車上把我手抓來握在懷裡，說：「阿桃命苦，你別亂想。」我個性好強，沒回嘴。那晚我們又去唱歌，桃子姐妝上得特別美，用心炒了好多菜，倒了白蘭地來跟我賠罪，大家知道我不喝酒，她說：「我先乾三杯」，我一股氣上來，也要喝，L攔住說別喝，我來。算了，讓他們去喝吧，我回座，竟夾起了我從不吃的薑絲大腸，老天，真是酸，酸得我眼淚都出來了。我胸口湧起酸醋，硬是吞下，酸澀，好吃。

我真希望我不在此地，讓他們都得到快樂。

台妹
時光

涼亭邊烤肉會

路這一端是獨棟的別墅，房子沿著馬路邊筆直往前，地下室有排窗透光，二樓架高，三樓頂整齊排著水塔，白牆紅瓦，頗有點風情，但是做工粗糙。

這住處最佳就是景致好，前方是河邊樹林與遠山，視野寬闊。

路的一面是住宅，另一端是河堤，站在堤邊下望，是枯水期的河床，水在很遠之處，連氣味都是乾枯的。

我們沿著陡坡下堤岸，先經過隨秋風暴長的芒草，經過人家圈地小片小片菜園，接著是蜿蜒雜亂廢棄物的土路，破輪胎、舊家具、漂流木，大包大包黑色塑膠袋堆疊，陰森森。地上看見鵝軟石，就知道河快到了，我們繼續走，狗始終跟著我，扁臉朝天鼻闊嘴、短腿白身花臉、長相與配色都惹人發噓的流浪狗，連個名字都還沒有，L兀自頭戴斗笠往前走，肩上披著毛巾，白色汗衫，白色襯衫，袖子捲到手肘，破舊藍西裝褲，腰上扣環印著皮爾卡登字眼的舊皮帶，褲腳捲起至膝下，藍白拖，「有水了。」他回頭喊。我也看見了。站在水邊，我們脫了鞋，浸水走走。涼。

那是最好時光末尾，我們不知道好日子快到盡頭了，更不知分離即將到來。

放假日午後，悠閒閒找塊平滑的大石頭坐，抽菸，喝水，他老是望著河水看啊看，彷彿能從河水看出寶來，「一下來河邊，誰也找不到我們。」他說。「不如，我們在這裡蓋個房子。」我說，他說：「茅屋嗎？」我說：「木屋茅屋都可以啊，能夠遮風蔽雨就行，但一定要有桌椅啦，可以喝酒。」他將我抱在膝蓋上，「誰都找不到。」他又說。對。清靜。

那個週日他就下地了，還是舊日裝備，脫去襯衫，扛著鋤頭，我背著兩壺涼水，狗一會跟他一會跟我，我們仨就去河邊。整地就花了一整天，他把挖出來的大石頭先壘成堆，我就在石堆上坐，「明天你別跟了，熱！」那時八月了，還是熱啊，他的白臉熱成豔紅，連脖子都紅透，像天荒地老似地，他一埋頭，就沒打算抬頭。

勞作至天黑，有進度，但小屋還是幻影。我們還沒到家，工頭一班人就開著貨車來了，說是要去唱歌，L說累了不跟，工頭問，「大哥下午怎了，臉好紅？」L臉皮薄，就說起了那茅屋。

此後，連著幾日，工頭夥著一班工人來了幾天，有時下午，有時傍晚，砍竹子、刈芒草、搬石頭，紮鐵工人的技術啊，小茅屋根本不是問題，賣菜的阿麟也來了，我們的河邊小屋已成兄弟們口中的「愛的小屋」，聽說大哥要給嫂子蓋茅屋，誰都要來湊上一腳，有人說，牆壁最好都用酒瓶堆起，光透進來多漂亮，於是討論要用什麼酒瓶，紹興？白鶴酎？啤酒？高粱？有人說做成涼亭比較好，這裡熱啊，「那冬天怎麼辦？」於是就將受風的一面空著，另外三面以茅草細竹編成片，片片疊起，既透光，又保暖，「下雨怎辦？」芒草頂是最先蓋起來的，那日大家夥醉醺醺，已經在鬧慶祝了，工頭說拿張大遮雨棚包起來，什麼雨也不怕。

石桌是兩三個人去遠處滾過來的，石椅有三張，另外幾個樹頭當木椅，他們忙著這些時，L已經開始種植，插上絲瓜、撒了芒果、荔枝、龍眼，都是種子，阿麟運來菜苗，一一仔細分布，地越占越寬，兩週後小屋完成。

又一週，絲瓜逐漸爬藤了，涼亭簡直成了景點，我就不去啦。

只有少數假日午後，趁著陽光大，我們趁著沒人看見幽會般去小屋，又熱又靜，汗水淋漓地親近。又一個週末，河邊來了二十幾個人，阿麟主辦烤肉會，連發電機卡拉OK都搬來，街上男人女人大人小孩都來參觀，L的妹妹與弟弟也來了，是我第一次與他家人接觸。那是河邊最熱鬧的一天，我趁著要買酒的機會回到屋裡去，一回頭他也跟來了，「好累。」他說，「跟菜市場一樣」，「去到哪都躲不了了。」他說，我握著冰水的杯子放在他額頭，「把涼亭讓給他們，屋子就是我們的。」我說，「我只想要跟你安靜。」他抓著我的手，冰水都融化了。

話還沒說完，門外有人已經大喊著：「嫂子，酒啊！」

台妹時光

芋頭番薯的牛肉麵

夏天快結束了，起風的河堤邊上，我或是騎著摩托車、腳踏車，或步行，身邊或是牽著狗，或是與L同行，水泥地，筆直往前，左手邊一望就是坡度落差很大的坡堤，我來來回回地走，彷彿也無法走出那條筆直的路，正如這個季節我的來到，像夏天最熱的浪席捲，暈忽了頭腦。

浪子回頭，從良不易，L守著他的堤邊別墅，像守著一種貞操，他在塑料工廠做工，熱啊累啊，心安理得，但他總跟我說：「我要找個小攤子賣牛肉麵」，我問他什麼樣的攤子，他像是已在腦中擘畫許久，說，涼亭下，騎樓角，還是租個小店面，不用大，買輛二手攤車、快速爐、大鐵鍋、擺幾張折疊桌，就可以營業了。

「賣小菜嗎？」我問，他點點頭：「豆乾、滷蛋、花生，就三種」，「那賣不賣酒？」我又問，他猛搖頭「不賣」，「連啤酒也不賣？」他猛點頭，「不賣」，「汽水賣不賣？」我鬧他似地問，他認真想了想，「賣蘋果西打，玻璃瓶裝的，那個最好喝」，「不賣可口可樂啊！」我問，「小孩子才喝那個！」他說，「所以不做小孩生意囉！」我逗他，他還沒察覺出我的玩笑，皺著眉認真地思考，「當然做啊，但還不是大人付錢」，「那賣養樂多好了，幫助消化，可以再來一碗。」我促狹地說，他終於發覺了我的捉弄之意，正色說：「我是認真的。」

「那萬一你朋友來了怎麼辦？」我問，「又不要讓人知道我開店了。」他說，「那賣菜阿麟總會知道吧，他是你換帖的，你不通知他嗎？」我問，「唉，算了。」他沉默了。賣牛肉麵的話題就到這裡結束。

「去吃牛肉麵！」他說，我拿了外套，他穿上夾克，順手拿上安全帽，就出門去。秋天的風與夕陽，將馬路吹曬成金，我的洋裝裙襬被風吹起，他伸手按住飄飄之物，像捕捉一隻蝴蝶，「你看你大腿都露出來了。」他說，「什麼？聽不見？」我把頭湊向前大喊著，「小心坐好啦！」他按住我的腿，就怕我跌下車。

終於離開河堤，一路不停，穿過市郊，進入台中市，沿途都是回家的人潮，我們與人潮逆反，跨過那條分界的橋。小店在南屯，真就是個尋常小店，就像他描述的那樣，老闆是個外省人，據說也是幫派斬了手指硬退下來，店裡就他一人忙前忙後，黃牛肉麵，紅燒，麵條分粗細，口味卻是台式的。小菜有許多種，切成細絲的豆乾澆上點麻油拌香、皮蛋豆腐、台式泡菜、海帶絲拌紅蘿蔔絲，一定要有的就是涼拌小黃瓜。

生意不頂好，但座位也有五分滿，老闆高頭大馬，肩上露出一個圓形的刺青，好像被藥水洗過，褪得只剩下青青一片看不清圖案，五十歲左右的男人，「麵好囉！」一出聲能把鳥嚇飛。

L說，老闆的手藝是跑路時跟一個本省阿伯學的，連台語也跟他學，「哇系，芋頭番薯啦！」L模仿老闆的語調，我笑了。

牛肉麵真好吃，冰箱裡果然有蘋果西打，也有麥根沙士，還有七喜汽水、番茄汁、芭樂汁、玻璃瓶裝台灣啤酒，我想老闆的師父可能是總鋪師，專辦流水席的吧。

我們吃飽喝足，起身回程，飛揚路途上，裙襬飄飄，L好像吹著口哨，我也哼起歌來，感覺L似乎沉醉夢想中，好像將來必然會有，這樣一家安靜的小店，可以像這個男人一樣，學習一種語言，獲得一種手藝，把人生再活一次。

台妹時光

地震時期的菜飯便當

L的臥室在二樓，靠院子的邊間，窗簾是他從工廠拿回來的塑膠花布製成，兩坪半的空間，塞滿租屋時附加的成套家具，看來是早些年流行嫁妝款式，床頭櫃上有近一公尺高度的櫥櫃貼牆，區隔成大小幾個小櫃，都帶有玻璃小門，櫃壁貼著鏡子，不知是何用途，L在櫃子大格裡擺了隻白色玩具熊，幾本讀者文摘之類的贈書，其餘空格別無他物，櫃子上方的牆上掛著一張沙龍照，就像尋常夫妻臥房會放置的結婚照，裝著木頭鎏金的厚重畫框，照片似乎經過油畫處理，與一般婚紗照不同的是，照片裡只有他一人，他身著我從未見過的西裝襯衫，領帶是紅色的，梳著油頭，眉清目秀，但可見已有些年齡，他垂著肩，似笑非笑地，目光側望遠方，背景是照相館常見的布景，不是沙灘椰子樹影，卻是一座書櫃，連書也像是假的。

那真是張令人悲傷的照片，彷彿顯示了他一生的縮影，起初我認為那是他之前婚姻時的婚照其中的獨照，但，第一段婚姻他還年少，第二段婚姻是場噩夢，想來，這是在他孤獨的單身生活裡不知為何拍下的，像是提醒自己永遠會孤獨。照片裡有著孤芳自賞，有著不合時宜，有著與他倨傲外表全然不同的，對平凡幸福的渴望。

一九九九年九二一地震發生時，那張沙龍照跌下來，L撲身向我擋住了它。天地搖動中，我在矇朧裡醒來，他拉著我往樓下跑，我說等等我換衣服，我們在餘震中跑回去加外套，他穿了一件皮夾克，我穿了長褲與外套，繼續的餘震裡有更多東西掉落，我們下到一樓，他去廚房抱了一瓶高粱酒，拉著我衝出門外，堤防上擠滿了人，我聽見消防車，四周全黑，整個區域大停電，所有亮光處都是著火源，遠遠聽見市區那邊的爆炸聲音，氣笛持續鳴響，遠遠的哀鳴聲，像噩夢。

台妹時光

當晚餘震不斷，鄰居都說要去睡學校操場，朋友也輪流來勸我們，我說想回房睡，L嚴正地說不行，那晚我們睡在車子裡，無法成眠，腦子裡還是那不可思議的搖晃感，那些如蛋糕般竟就這麼歪倒了的房子，路人臉上夢遊者的神情。電力一直沒有恢復，第二天白天我們開車到處去巡，他說要找朋友，發現工廠倒塌時，他的神情非常黯淡，廠房再過去，一整排平房全矮了半層樓，商店都關門了。午飯是朋友帶來的幾個麵包，大家都很激動，那時廣播已經報出災情，我們居住的大里區也是重災區，他是在五年前脫離所謂江湖生活，來此定居，從工人做起，雖然每日仍免不了酒攤，但生活裡再沒有賭場圍事索債鬥毆，是他所謂像動物一樣勞動，像一般人簡單吃喝的平靜生活，那個熔爐一般的工廠曾經燒灼他的身體，使他痛苦，但如今連那個都失去了。所幸我們房子安好，只摔破一個空酒瓶，是重災區裡少有的幸運。

我們隔著車窗在或半毀或全毀的街道上，車身靜慢往前，我感受著他沒說出的徬徨，一如車窗外晃蕩的人群。

入夜後，家裡來了幾個朋友，就圍坐在河堤邊抽菸喝酒，有人上街找到最後一家還開門的自助餐，點著蠟燭賣便當，沒有主菜，只有白飯跟三個炒菜，拿到便當時，月亮已經升起了，無法照亮所有的淡淡月光，映著飢餓難耐的我們，悶著頭用塑膠湯匙挖著飯盒裡的菜與飯，我幾乎看不見自己吃了什麼，似乎有竹筍炒蛋，滷白菜，豆乾肉絲，我眼睛泛出淚來，「太好吃了」，我對他說，他大眼圓睜，一逕點頭。

冷風吹來，空氣裡還有瓦斯洩漏的臭味。

清晨的沙茶魷魚羹

一九九五年，有過那麼一段時間，熱戀像苦戰，夜裡出奔，清晨歸返，上演「我倆沒有明天」的急切悲傷，L開一輛白色福特，車殼撞得傷痕累累，感覺他臉上也都是外表看不見的傷，彷彿一夜被苦戀深刻的皺紋，蒼白皮膚上的黑眼圈，火紅的雙眼，我似乎看見他，也似乎看不見，深夜裡狂飆破車在馬路上疾駛，感覺車體都要爆裂飛散，「這是最後一次見面」，我們呢喃著，立即又對自己說出的話語感到懊悔，他把車子開得更快，我在車裡號叫，「停下來，我不想死。」

為什麼把日子過成那樣，還是無法證明相愛，也無法使對方快樂，好像可以挽救對方於絕望之中，卻又將彼此帶進內心的核爆，那是年輕的我還無法理解的事物，但日子兜轉著，愛欲之火燒灼過的身體，也有吃喝拉撒的需要。

是那樣的清晨，趕著爸媽起床前花去四十分鐘路程送我回家，街道濛濛亮起，迎面而來是掃街的清道夫、送報生、羊奶媽媽、縮著尾巴的野狗，與滿載蔬菜魚貨雞鴨穿越市場成列的大貨車，他把車停在市場邊，「帶你去吃點東西」，他拉我的手，手心像握著炭，徹夜不眠的我們，為這一次的見面痛苦歡欣，又對即將到來的離別預先悲傷，「再怎麼難過也得吃。」我說，「跟我在一起只有痛苦嗎？」他恨恨地說。

市場邊的騎樓下，賣宵夜的麵攤從晚上八點賣到早上八點，沙茶魷魚羹與燙魷魚，清羹或羹麵，吃的都是魷魚的鮮。大清早誰吃羹麵當早餐呢？除了我們也還有旁人，市場裡的小販，或者如我們這樣剛穿過黑暗徹夜不眠的男女，攤子上有三個人把持，男人煮麵，女人盛盤，另有一年輕小子專門切燙魷魚，男人放一小把黃麵燙熟撈起，可以換成冬粉或米粉，當然也可以只吃羹湯。女人接手，小小磁碗先躺著麵條，一旁大鍋滾著的湯汁淋下，羹湯勾芡得濃淡剛好，非常燙口，切好的魷魚鋪上，放幾片九層塔，澆上一小杓黑醋，小湯匙沙茶，吃蒜不吃蒜，加辣不加辣，就由人了。我們通常點兩碗羹麵，再燙一盤魷魚，沾上醬油哇沙米，清晨寒風中，吃得鼻涕都快流下了。

只有那樣家常的攤子前，我們的熱切與無望都鎮定下來，談談天，聊聊現實裡的發生。西哩呼嚕吃麵的同時，感到一種安心的快樂。有時他把魷魚夾給我，有時我為他把醬汁攪勻，有時，我們再合吃一碗，頭臉靠得近些，可以感受到彼此的鼻息與口腔裡的食物氣味，那與激狂熱愛的時刻不同，我們之間甚至有種夫妻的熟稔氣氛，深夜灌下的酒精，已經從體內發散了，凌晨轉往早晨，即將進入新的一天，有時他

台妹時光

甚至會微笑地談起生活裡的點滴，他不再咒罵我的無情，我不再埋怨他退縮，我們之間，除了熱騰的吃食，沒有其他阻攔。

一頓小麵吃得熱淚盈眶，未來好似可以這麼繼續，猶如我們還有未來，無須現在告別，當磁盤磁碗裡的食物都淨空，他站起身來結帳，挽著我的手走向停靠一旁的汽車，現實慢慢回來了，如清晨的霧，如早上的露珠，人生如夢，這一天開始，我們的一夜結束了。

幸福小吃店

像是要趕赴什麼人的約會，恰似朋友就在街角的咖啡店等候，我精心打扮，臉上抹有胭脂，提著小包，穿公園過馬路，等紅綠燈時，突然有人拽住我的衣袖，拉著我往一旁走，是L，「去哪了，找了你好久好久。」他不由分說拉著我上了摩托車，揚長而去，這是哪兒，何時，何地呢？風呼呼地吹，他穿的短身窄版皮衣，肩頭部分已經磨損，我沒戴安全帽，心裡正著慌警察來追，忽然地我頭上就多了一頂白色安全帽，很輕，蛋殼似地，我記得那帽子，是他搭鷹架的工程帽，一日下午他在院子裡拿白色鐵力氏噴漆嘶嘶將帽子由橙轉白，如同許多他得意而奇怪的傑作。我衣衫單薄，被風穿透，洋裝裙襬飛揚，他的左手掠過我因風而裸裎的腿，皮膚起了細細的疙瘩。

似無盡頭的馬路兩端從林立的商店、騎樓、路樹逐漸變得景物單薄，如鄉間小鎮寥落的景色，摩托車卜卜的引擎聲，排氣管噴出的劇烈白煙，路旁有幾個老人像凍結似地，手上的動作都停住，只是端詳著我們，我意識到那些注目的眼光，臉一羞臊閉上了眼睛。他突然煞車，在一街邊角的騎樓前停住。

「回家了。」他說。

忽地是黃昏啦，熱鬧市聲喧譁人群，街燈如花一朵朵亮起來，他拉著我，不用勉強我也會移動腳步，因著周圍鬧市華燈初上的氣氛，我似乎決定由他帶著，儘管還有人在另處等著我。

抬頭我就看見那家店招，白色帆布手繪的旗幟，醜醜的字體寫著「幸福小吃店」，一路上鄰家的皮鞋行、雜貨店、賣豆花的小販，許多男女都與他寒暄，我們停住於一間狹窄的店面，存立於同樣狹窄的幾家商店中間，門大敞，門前的煮麵檯大煙熱火，有個綁著頭巾白臉素顏的女人正忙活，他引我沿著台車旁窄小走道過，麵車、不銹鋼流理檯、滷味櫥櫃、瓦斯爐兩口鍋，前台料理區布置得井井有條，蔬菜、麵食、熱炒、燉湯，各種辛香味融合成幾乎有形狀的氣味雲霧，陣陣飄散，內間並不寬敞，座位區都是方木桌配板凳，桌上有筷筒，辣椒醬黑白醋與醬油胡椒，十來張桌子，零星坐著客人，牆上整齊貼著紅底黑字的菜單，古舊的風景老月曆，牆上有點不協調地掛著吉他與草帽，我們往前走時，擦身而過的是肩上披著毛巾店小二打扮的矮個男人，我想起那是小黑。

那是店鋪後方一間充作臥房的小隔間，沒有門，只用一條花布簾做區隔，屋裡設備簡陋，有單人床，小圓桌，鐵釘拉著粗鐵絲做掛桿吊著幾件衣服，牆角的啤酒箱上放著一台小電視，簡陋得像是學徒的房間。

「這些年你到底去哪了？」他頹然坐在床鋪上，彈簧發出知嘎聲響，「阿哥！」有人外頭喊著，「怎麼樣都找不到你。」他繼續說。

他點了一根菸遞給我，我搖搖手說：「已經戒菸了。」那時我才意識到這是一場夢，我離開他已經十多年過去，而我壓抑著驚訝仍舊裝作不知情，因為悲傷地知道唯有在夢裡才能見著他，我期盼沒有任何人來打亂這個夢，他不知這是夢，也不知我們已成過去，眼前只是幻影，他什麼也不知道，只是開心地說：「我的店都開張了，就等你來。」

「有老闆娘啊，幸福小吃店，很好的名字。」我說，是桃子姐嗎？或者是任何一個如桃子姐那樣賢慧的好女人。

「沒有你我不會幸福。」他說。「有我你會更不幸的。」我說。像是要抓住夢境最後的餘光，使之無限延長，他用力抱住了我，「就待在這裡好嗎？」他說，我說：「我們就待在這裡」，外面有急急的腳步聲，我望著他，臉上像是泡沫即將破裂時被撐到最漲最飽滿時，透著薄脆七彩的光，我慢慢閉上眼睛，感受著那根本不存在，卻無比真實的，穿透時空而來的，稀微的幸福。

輯二
悲戀的公路

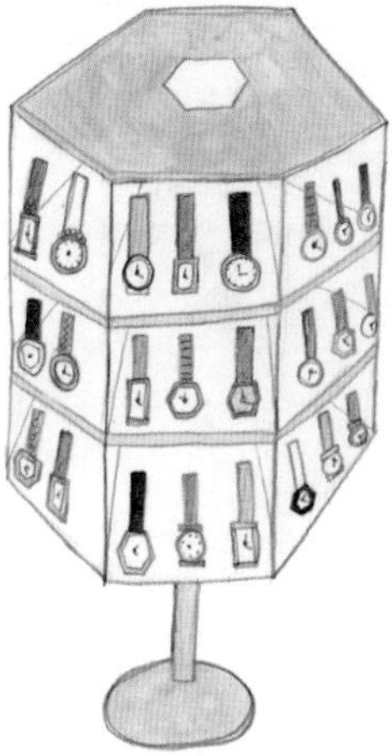

把妹水餃

聽見敲門聲我走下樓開門，C就站在門口，一九九六年夏天，我快要出書了，C是我少年時期最重要的朋友，女生男相，從小就是漂丿少年郎，處處受到女性青睞，是個風流人物，升上大學那年暑假之後，我們超過四年沒聯繫，那時我在鄉下老家住，重逢後她天天往我家裡跑，我們很快就成了戀人。初嘗女女愛戀滋味。

「我包水餃給你們吃。」電話裡她這麼說，不多久就提著材料來到我家，老家的廚房在一樓，爸媽睡得晚起得遲，C已經在廚房洗洗切切，我在旁東問西問，她一臉嚴肅，煞有其事。

水餃皮是買現成，豬肉、高麗菜都請小販剁碎，她切細紅蘿蔔、木耳、蔥花配料等，說還要做「酸辣湯」，看C的手法俐落，以她的性格應該不會下廚，但畢竟分別多年，說不定她已學會一身廚藝。材料準備好，我們就到二樓去包水餃。那時父母都起床了，因為是小時候的朋友，家人都熟，大家都自在。國小、國中、高中，每個人生階段多少都與她有關，她自小就像個男孩，而如今更像是個男人了，個子小身材壯，眉毛疏淡，五官大氣，帶著金框細邊小圓眼鏡，身著花襯衫，白色西裝褲，休閒鞋，很台的造型，她台語說得道地，使得國語帶有台語腔調，但她卻是眷村長大的。

C開車，墨綠色喜美一六〇〇轎車，養四條沙皮狗，抽菸，喝酒，分別後這幾年她一直在做電動玩具業務，動作舉止豪邁瀟灑。

最初的日子她總是開車帶我四處跑，無非吃喝玩樂，後車廂放著釣竿，隨時都可下車釣魚，倘若無溪無河，市區裡，她就帶我去釣蝦場。C的手不大，舀餡包餃子的動作相當俐落，「你怎麼變得這麼會煮菜？」我問她，「我只會包水餃啦！」她豪爽地說，「但是我的水餃很好吃。」她相當有自信。我們家幾乎不曾包過水餃，一來母親手藝不好，二來，我們少吃麵食，餐桌上有水餃是稀奇的事，那些胖大肥潤的水餃，真是好吃，酸辣湯料多味美，又酸又辣，母親要在沾醬裡放大蒜，父親要加白醋，C都設想周到，一頓飯下來，她便擄獲我父母的心。

就此，她幾乎就住進我家了，家裡習慣是父親上街買菜，母親煮一頓三菜一湯的午飯，可以吃兩頓。C手腳麻利，意志堅強，到我家沒幾日她便買了食譜，清早上市場，花兩三個小時學習家常菜，起初還要母親幫忙，一星期不到，她的廚藝已經比母親更佳。那一切真魔幻，我仍在適應分別多年彼此的不同，她卻已經變成我家的一分子，彼時我雖然住在家裡，卻只顧著關在頂樓小房間寫小說，我正在談一個艱難的戀愛，身心俱疲，C的出現，我像溺水之人立刻抓住，父母對我的一切都無法掌握，擔心又不敢過問，C讓他們像是有了可以依靠的對象，她比我還像女兒，而且她能管住我。那些日子，我跟著她開車四處收帳，電動玩具台語叫做「麻仔檯」，賭錢的，她把機台放在檳榔攤，水果店，甚至還放在一間宮廟裡，每月去開檯幾次，好時機的日子，月收入能破十萬，生意不好也有個三四萬，造就她無所事事的生活方式。時機漸敗，到我跟她在一起時，常去的店只剩下阿秋檳榔與沙鹿宮廟。

阿秋檳榔，生意時好時壞，常被破檯，機器容易故障，C每次修理機台都會大汗小汗滴滿地，阿秋就趕緊拿出伯朗咖啡給她喝，C不吃檳榔，但離開時總不忘買一百元的飲料。沙鹿的廟祝阿公每次都要C幫忙寫陳情書，抗議多年前他與某人的金錢糾紛，陳情書每月都要修改，無效的陳情像是寫給舊時光的情書，毫無回音，內容連我都會背誦。父母去擺攤的夜晚，我們在客廳的地板上並躺，覺得生命悠晃輕盈，我很久沒這麼簡單地快樂，「再做一次水餃給我吃。」我在她懷裡撒嬌，她點頭說好，小狗在我們身旁圍繞，大理石地板冰涼，「有家好幸福。」她說，「我要給你一個家。」

台妹時光

放浪人生啤酒蝦

C做什麼事都是過量的，過量地愛人，過量地養狗，過量地飲食，過量地享樂。她每日抽兩包菸，喝四瓶伯朗咖啡，六瓶台灣啤酒，她不吃蔬菜，喜歡海鮮，能一口氣吃掉一斤蝦子，螃蟹更是她的最愛，大辣大鹹，人生活得過癮，她卻說空洞。空閒時我常跟她去釣蝦，她能長時間在池邊一坐幾小時，釣的是泰國蝦，空大場子裡，深深大池幾窟，客人零落，看她裝餌垂釣，等待上鉤，於是我全然陌生有趣之事，但沒幾次就感到無聊了。我也陪她去過海釣場，露天場地，水泥池子裡肥魚竄動，曬得頭暈，C說，還是溪釣好。

有時她就把朋友約來釣蝦場，一個黑個男生叫阿德，一個長腿美人叫小喬，都是以前做電玩的同事，後來各自發展，阿德在做業務，小喬賣保險，釣蝦場池子旁就有烤肉架，常見男人帶著女人，帶著小孩，甚至連茭白筍都自備，有吃有玩，釣蝦場也成了烤肉處，我是新朋友，看他們三人有說有笑談往事，朋友們絲毫不知我與她的情人關係，無所謂。C愛吃蝦，自己釣起的新鮮更好，她最喜歡吃泰國蝦頭裡烤熟的蝦腦，說頗有蟹黃滋味。釣蝦時也愛一邊喝啤酒，交代我鋁罐不能丟，蝦分一半火烤著配酒喝，剩餘的帶回家，夜裡她會用刀把鋁罐從中割開，分成上下兩段，下端塞進四尾蝦子，加上大蒜，辣椒，鹽巴，再把蓋子蓋起，這麼裝上幾罐，放進鍋子裡蒸，所謂「啤酒蝦」，指的是容器，加不加啤酒隨意，外面沒得賣的。蒸熟後用夾子夾起，小心將上蓋掀開，蝦子擺盤盛裝，香氣四溢，吃過的都說讚。這時她當然要再來幾罐啤酒。

五專輟學後，在外生活幾年，賺了不少錢，全都揮霍花光，相逢時我去她的住處，頂樓加蓋鐵皮屋，露台上都是房東種的盆栽，房間除了棉被衣服也沒什麼像樣的家具，C年輕浪蕩生活裡，做過酒保、娃娃機、電動玩具、幫人討債，因為麻仔檯違反賭博罪被逮進警局兩天。她還開過犬舍，租下一棟透天厝養狗，自己繁殖販賣，但她與一般開繁殖場的人不同，她太愛狗了，自己配種，接生，後來還學會簡單打針注射，屋裡進門處就有紫外線消毒殺菌光，狗糧都是吃最高級品牌，整棟屋裡讓狗自由來去，嚴格挑選客人，像嫁女兒，沒人挑走的狗一逕照顧安養到老死。她笑說自己的家當就是那台車以及四條沙皮狗，我們交往初期，兩隻大狗陸續病死，只剩兩隻年輕成犬，一隻叫太保，一隻叫流氓，她隨身攜帶一個床頭櫃，是僅有的家具。

因為家當少，她跟兩條狗住進了我家，我父母原本養了小型犬，就將她的大狗關在樓下，每日早晚，父親都帶太保流氓去村子裡遛，遠遠看來，駕馬車似地，是大狗拖著父親跑。

父親母親都疼愛她，把她當自家女兒（或女婿？），父母生意收攤，C常做啤酒蝦給大夥吃，夜裡談天看電視，父母甚至把樓上的房間讓給我們睡，夏夜裡，我們也到二樓跟爸媽一起打地鋪，大理石地冰涼，鋪上薄棉被，四個人各自找地方躺，母親與我總是看電影台到好晚。或許父母私下有商量，看我們日子過得散漫，成天釣蝦不是辦法，問C要不要擺攤賣衣服，擔心她做麻仔檯的不踏實，早晚要被抓進警察局，C也大方說好，她像父親那樣把貨堆上轎車後座，是一套三百九的休閒服，她第一次出場是到台中西屯的黃昏市場旁空地，沒租位置，貨架就往路邊擺，那天傍晚她回家來，哀嘆說，「擺了一下午，只賣出三套」，她是個認真的人，仔細跟我說明第一個客人什麼樣，中間有遇到警察，後來又如何。她不會吆喝，也不攬客，就一旁站著，頗有釣蝦的心態。那晚我們又去了釣蝦場，我細細交代做生意訣竅，她依

台妹
時光

然帥氣地烤蝦，切割啤酒罐。
我笑笑說，「明天，我陪你一起去擺攤吧！」

糜爛的涼水攤

張眼是深夜跨入凌晨的天光，由黑轉藍，我們各自躺在轎車的前座，椅子往後放倒，為了搶占東勢菜市場初三十七休市空出的攤位，夜裡就來排隊，只好直接睡車上。那時真年輕，也沒怎麼熟睡，只能左轉右翻在座位裡稍微伸展，不是不累，就是睡不著。

我幾乎是直接凝視著夜色變化直到清晨，只有在天色大亮時突然盹了一會，C便喊我起床了。爸媽會喜歡C不是沒道理的，他們都是屬於「拚命三郎搶錢族」，自小我看父母擺攤賺錢，沒日沒夜，連睡眠都覺得荒廢，C原是個浪子，想不到一接觸擺地攤一職，卻也進入「金頂電池模式」，從第一次陪她去黃昏市場，我也踏上了不歸路。

我們一個能言善道，一個苦幹實幹，是最佳拍檔，重點是我們是情侶，應該同甘共苦，如此組成了一個無堅不摧的「賺錢部隊」。大學畢業之後我工作換了又換，生活朝不保夕，如今回到夜市場，父母又喜又悲，但至少看來是要賺錢了，喜的成分還是多。那時，景氣尚好，我們年輕靈活，黃昏市場固定擺攤，晚上還去夜市插花，靠的是C的「糜爛」，我記憶中台語的糜爛不是頹廢，反而是**纏纏綿綿的堅持不懈**。

因為沒固定攤位，就找臨時空位，可比找車位困難多了，C將她的喜美轎車開到夜市邊，等大家攤位都擺好，我顧車，她自己去市場裡繞，直繞到看見空位，就去找握場的說要插花，攤位一格多少，電燈清潔費多少，談妥。場上攤位都擺上了車子開不進去，C就用手推車自己推，穿過迷宮小徑般的攤間小路，一車一車來回把貨物貨架運來，時間遲了些，總還趕得上七點的熱場，鐵架撐起，衣服擺上，無線電麥克風的擴大機接上，就開賣了。

我負責叫賣收錢，她負責搬貨找貨，合作無間，我做此事是為了她，而她是為了我，卻沒交集。這個在車裡熬夜的場子必然是大場，沒有父母罩著的某某菜市場，我們熬夜爭取到一個位子，瘋狂地叫賣，到哪都引人注目。

那些日子，早市、黃昏市場、夜市，哪有地點我們都找去，游擊戰似地，父母都眉開眼笑，說他們老了沒我們這種衝勁，或許在我們身上看見他們當年。C是好女婿，我始終恍惚，但仍繼續扮演乖女兒。後來我們不住家裡了，在梧棲一個透天厝，二樓租我們五千元，一樓沒人住。狗兒們最快樂，偌大的屋子任牠們跑，我們在一樓堆貨，二樓客廳簡單就是一台電視小冰箱拼湊的茶几矮凳，臥房裡彈簧床直接放地板，三和牌布衣櫥，還有她永遠的床頭櫃。當時朋友給了我二手電腦，練習一指神功打字寫小說。

日子忙不迭像跑馬燈，偶有閒散時，C聽她阿母說大甲有媽祖繞境，竟興起可以去擺攤的念頭，就這麼，我們開車早早去占位，她想得周到，一攤賣衣服，一攤賣涼水，我問她涼水哪裡來，結果是去跟她開雜貨店的母親借貨，阿母還親自煮了退火的青草茶，裝進大冰桶，又是夜裡出發，清早擺攤，C腦子充滿怪奇狂想，我不知繞境是怎回事，只見人潮慢慢湧出，朝聖的人們來了，鼓吹隊來了，遠遠地，還看得到轎頂與翻飛的旗幟，但沿街卻擺滿了免費的茶水攤啊，虔誠的鄉親們沿路提供吃喝給遠道來的信徒，人們眼中腦中只有聖母，哪還顧得上買新衣？那次的遠征是徹底失敗了，C始終不敢置信，我們疲憊不堪地等待人潮散去，才能把車子開走，後車廂裡已經退冰的飲料罐哐噹作響，回程的路途上，我們只好一杯一杯喝著不冰的青草茶，消退一夜未眠的熱火。那時真年少，真茫然，真糜爛，C的改變太大了，她讓我想起父親，我彷彿能看見，坎坷的路在未來，已經觸手可及了，溫熱夜風吹著我的臉，吹拂著荒唐，不安，或什麼我無法形容的，臉頰濕熱像是有淚滴下來。

台妹時光

夜市鐵板燒

一整個冬天，因為大外套的包裹，父母親做夜市的朋友都沒發現C是女孩，直到春天脫下外套，C的豐滿上圍才讓人驚覺她的女兒身，我們倆當然也很吃驚，她雖然自小男孩氣，但還不至於被當成男人，可見擺地攤是粗重活，能把女孩變成壯漢。

她就像我父親一樣，沉默，勤奮，負責開車，搬運貨物，是攤位上不可或缺又時常會被遺忘的存在，但是C還有另一強項，就是耐心，她能花上好長時間幫客人找貨，彼時我們賣的都是一套三九九的休閒服，或者一套三百五三套一千的「套裝」，休閒服款式多，同一個款式還得分尺寸，顏色，我性子急躁，往往客人要我幫忙找「粉紅色XL」我看灰色存貨多又在手邊方便拿，就慫恿她買灰色，說是灰色耐髒，等到貨底剩下粉紅色了，我又狂推銷，說是粉色「襯肉」，顯白。C就常一臉讚嘆地看我「唬爛不打草稿」，她是老實個性，客人要什麼，使命必達，無論多麼刁鑽、難纏、囉唆、反覆的女人，她都能忍耐，或許也不是忍耐，她的天生T性使得她無論對何種年齡的女人都尊重，自然溫柔耐心無限。

攤位上，我們年輕，缺錢，敢衝，不怕累，父執輩的夜市長老都圍坐著嗑瓜子泡茶，只有我們這種年輕情侶檔還在跑場，沒租到位置的，就等插花，那些叔叔伯伯也疼愛我們，雖然總會納悶問上一句：「大學畢業也來做夜市？」但見我們如此努力，又要補上一句：「讀過大學的就是不一樣。」

早晚趕場，吃喝都在市場裡解決，傍晚我們在台中市西屯黃昏市場入口擺攤，三點到五點半，收攤趕著七點到豐原夜市，下午往往是客人開始散去後我才到裡面的攤位買些小吃，滷雞腿，炸雞，蔥油餅，肉羹湯，什麼方便就吃什麼，趕到夜市之後，先擺攤，七點多東西都布置好，我們倆輪流去吃飯，我是夜市長大的孩子，卻偏不喜歡裡面賣的吃食，因為從小就是「飯桶」，無米飯不歡，那些蚵仔煎，大腸麵線，九十九元快炒，甚至是牛排，炒米粉，在我看來都是零食。

C喜歡海鮮，肉類也行，常見她每週五隔壁的牛排叫上一盤，邊顧攤邊吃，我是完全忍受不了那氣味，每每唉聲嘆氣，覺得油煙會把衣服弄髒，湯湯水水流得到處都是，我一邊唸叨，卻也吃她買回來的鐵板麵，我不加什麼黏糊糊的黑胡椒或蘑菇醬，不吃番茄醬，就是煎個荷包蛋蓋在麵上，當作吃炒麵。

鐵板燒開始流行時，大鐵盤，青菜肉類各種搭配，一盤九十九，通常是空心菜，高麗菜，洋蔥，青椒，牛豬雞肉自選，給你一個粉紅色塑膠盤，青菜隨你夾，我常見有客人把菜堆得小山似地，又尖又高，覺得簡直不可思議，知道當然是一家子要吃，白飯一碗五元，划算，C也有此絕技，她說是以前做娃娃機練就出來的擺盤技巧，底部一定要擺得穩當，建築似地堆砌盤旋而上，是老闆看了都會心痛那種堆法，我說：「吃不下。」她就答：「你愛吃菜啊。」

她心裡掛記的全是我，我卻不安分要望向冒險。

攤位通常只擺一張凳子，爸媽家的就是給媽媽坐，我跟C，當然是我坐。但我總說要去逛逛，讓她可以端著那一大盤鐵板燒，至少安穩坐在椅子上，慢慢吃完它，但沒一會，婆婆媽媽們又來了，大夥都要找她，問這問那，她又放下盤子，躲進貨車裡找貨了。

台妹時光

通靈者的油條鮮蚵

暑假重逢了C，才知她也與失聯多年的阿母恢復往來，當時她還在麻仔檯階段，早年離家的阿母在情人過世之後，獨自在一個社區裡開了小雜貨店，記憶中C對於母親拋夫棄子極不諒解，後來經歷自己的浪蕩，她卻是家中第一個接納母親的人。C帶我去見阿母，順便開檯收帳。阿母擅長利用空間，一樓平房老屋便宜租下，院子賣陽春麵，前屋開雜貨店，裡屋還設了麻將間，另有一空房留給C，C把最後一檯機子擺那兒，半是給母親賺點零花，半是給自己藉口去看她。住進我家之前，她也曾在那房間落腳，主要是要讓阿母幫她照顧那四隻沙皮狗，阿母手上有機台，有狗，不怕C失聯。

阿母俗麗能幹，矮胖個，大捲波浪髮，花俏衣裳，鮮豔彩妝，國語也能通，她還自稱能通靈，雜貨店對街有個宮廟，才是她常流連之處。有時我們到了，店裡沒半個人，不一會，阿母臉上沾有香灰地趕回來了，說是去扶乩，C就開罵了。他們母子永遠不和，但誰也擱不下誰，C在娘胎裡阿母就覺得是個男孩，下地了還是照男孩養，養到二三十養成了自己都無法理解的模樣，才又頻頻催促她結婚，「我就不懂，你長得這樣一表人才，安怎不嫁ㄤ？」C也回嘴：「知道我一表人才，還叫我嫁人？」

我每見她們母子鬥嘴，都忍俊不住。一日阿母風馳電掣要我們趕回去，說是母狗生產了，一胎六隻，最後全夭折。那之後阿母將四隻狗全改名，流氓改成安家，太保改成阿乖，諸如此類，阿母說也該幫C改名，脾氣太壞了，母子又大吵。

所謂雜貨店其實東西不多，最好賣的是青草茶，近乎免本，小麵攤髒乎乎的，賣些陽春麵、米粉湯、滷肉飯，阿母吃素，但賣菫食賺錢不要緊。我們在院子裡的矮桌上落坐，阿母必然要來對我「話說從頭」，定然是從她嫁入C家才十七歲啊，跟老頭子語言不通，孩子一個一個出生，張口就要吃，她只好出去打工，C自小嬌縱難養，寵她寵上天，「你別聽她在蓋」C遠遠就衝過來，「都是肖話！」C大喊，阿母又開始呼天搶地，罵她頂撞不肖。

罵歸罵，阿母也沒忘記煮菜，C也沒停下手幫忙修這修那，沒一會對面宮廟的人來喊，阿母又「出任務」去了，鍋子上有湯在熬，故事才說了一半，C拿起水龍頭在一旁洗狗，我就拿掃把幫忙掃地，有客人來買檳榔，包葉五十，我也拿給他。社區裡有個老兵，穿著汗衫短褲拖鞋，會來買菸，鄉音重得聽不懂，只有C能與他對話，看著他與C一老一少，我們可能都想起了她的父親，失聯的許多年裡，我時常打電話到她老家打聽，也是那樣濃重的鄉音老人，一聽見她名字就罵：「沒這人！」

阿母回來了，洗淨手腳，繼續烹煮菜餚，我們倆矮桌上落坐，熱飯端上來，第一道是大碗裝的湯菜，只見碗公裡勾了芡粉的濃湯，肥肥的鮮蚵，九層塔，阿母嗓門大，喊著：「燒啊！」端上一淺碟子的油條切段，這是我沒見過的菜，酥脆的油條放進蚵湯裡，鮮美好吃得舌頭都快吞下肚，後續還有幾道菜，我都不記得了，我們被美味感動之時，阿母也來坐，筷子才剛起手，她突然問C說，「阿母作乩童，你來扶桌頭，好否？」她開始說起三太子種種，C筷子往桌上一扔，站起來就要走，「你看啦，從小漢就這款個性！」阿母追上去，我望著他們一前一後的身影，像影子追著光，其實有幾分相似，我心中悠幽難以言喻，埋頭繼續把那鮮蚵油條搭配著吃，夕陽落下來。

台妹時光

食頭路

C原是浪子，一晃眼卻成了最顧家的人，上山下海也願意，我們曾有過一段悠閒時光，但忙起來她更覺充實，說是浪蕩生活裡，她向來渴望安定，遇見我，是個開始，感覺自己得拚，她拚了命要給我幸福。夜市擺攤賺的是勞力錢，兩人四手分身乏術，不如去「食人頭路」。

父親夜市裡的朋友那陣子興起「做錶仔」，白話說就是「手錶寄售」。發起人是鐘錶攤位的阿智哥，自小失聰的他精通鐘錶修繕，看似老實卻滿腦子發財夢，他白天在鐘錶公司上班，夜裡跟老婆擺攤，大膽投資兩百萬，北上批來廉價手錶，組櫃分裝，鄉下店鋪逐一說服，塑膠射出的圓盤模，三個一組架成座，每座可吊掛三十二或五十四只手錶，與店家三七分帳，一百家店等於一百個人為你販售，生意竟給他做成了。沒多久跟風大起，夜市裡賣皮鞋的阿興叔，耳聰目明，資本雄厚，又有個吃苦耐勞內外兼顧的老婆石女，他們的寄售公司火速成立，需要的就是業務，我們沒錢，有的是青春，上班去。

石女老闆娘名字不雅，但據說此渾名能保身。我晚睡晚起，每天近午C開車載著我到達豐原老闆家的透天厝，點貨搬貨，準備上路。興叔總留我們吃午飯，他長相斯文，性格風流，石女是家裡開餐廳做總鋪的專業手藝，孩兒兩男一女都俏，石女內外兼顧，怕婆婆疼丈夫寵孩子。廚房在屋內最裡間，吃飯時間菜出齊了，誰也不敢動筷子，得等到聽見咚咚咚沉重腳步聲，興叔的老母親下樓了，梳著髮髻，穿著黑衣，矮小似孩童的八十幾歲老人家，她一進屋，所有人都站起，老人家一一與我們打招呼，鄭重地坐下，她說「吃飯」，所有人才開始動筷。石女說，老人家眼睛幾年前已經看不見，卻始終不願讓人知道，於是所有人都得配合演出，屋裡擺設明顯有「視障專用」路線，老人家一生抓權，所以把兒子養得好看無用，「幸虧我會煮菜」石女哀怨地說，「她看我沒一處好」。老人家用餐時間不長，等她離席，咚咚咚又上二樓，大夥才都輕鬆了。

轎車載貨，一車能載十來座手錶，客廳即工廠，就見石女四處奔忙，一會結帳，一會出貨，不時還要罵小孩管老公，她只讀了國小，但帳目都算得清清楚楚，當時我們倆只是業務，業績扣除成本後獲利，五五拆帳，是相當划算的交易。C開車，我做助手，往中南部去，走省道，縣道，挑選的都是鄉下地方，當時手機還不普遍，買手錶得上城鎮的鐘錶行，我們把貨物送到鄉下雜貨店，小文具行，買個味精還能順便買手錶，簡直蔚為風潮，最初兩年，阿智哥，阿興叔兩家公司都賺了錢，夜市裡又有另一家做五朵花的夫妻想投資，大夥終於鬧翻。

生意好啊，與叔石女對我們都友善，聽說我們沒個好住處，東勢鎮有一剛蓋好的透天厝三千塊租我們，我們也歡歡喜喜遷入，入厝那日，他們家三個孩子突然出現，指定要住二樓套房，把我們趕上了三樓，那晚，石女親自下廚，夜市的朋友都來了，房舍附近寧靜，大廳大院大廚房，圓桌擺上十道菜，佛跳牆，大烘肉，竹笙雞湯，紅蟳米糕，想得到的辦桌菜色都有，確實是驚人的料理。然而人潮散去，我與C在三樓的客房裡，各自都有些心事，彷彿預感著與他們一家子的好情誼終將變色。

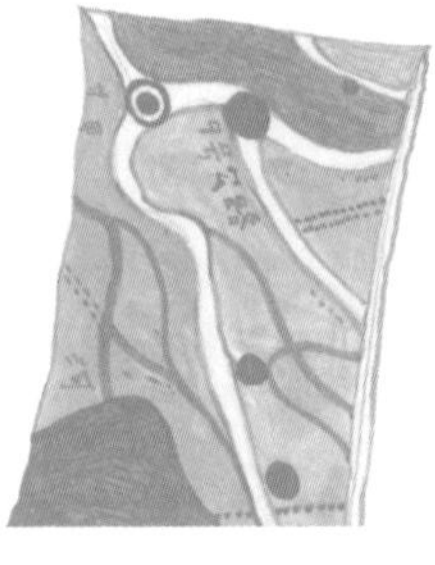

台妹時光

鐘街的蔥油餅

業務生涯開始，我與C先是用她的喜美轎車載貨，後來貨架改成九十公分高的壓克力櫃，轎車後車廂裝不下，興叔借我們一輛裕隆貨車，一週四天送貨。上班不到一年，是手錶寄售的黃金年代，不知道是因為利令智昏，或者道不同不相為謀，或是我父親看出C的能力與志向都不該僅是給人上班，不知是石女與興叔防著我們，或是我們也顧忌著他們，一次我們貨車加錯油，隔日石女突然說小貨卡沒法借給我們了，父親感覺對方要逼退，搶走我們已經開發的一百多家客戶，父親與C商量，去跟興叔談判，興叔知道我們沒錢，撂話說：「那你們把貨全買了，店家歸你們」，父親硬是標了幾個會，跟朋友周轉，開票展延成衣貨款，籌了一百多萬，把手中的貨與店家全吃下。景氣好的時光，同行都換屋買房，業務擴大，誰都賺上了錢，我們是後進，好歹也有穩定客源，不怕。說不怕是假的，萬事起頭難，手上有客戶，哪來的貨源卻不知道。

「做錶仔」，從業務變成全職，意味著將與手錶聲息與共，夜市不用再跑，麻仔檯全部收掉，「一百五十萬啊。」我光是想到都顫抖。

事不宜遲，先安頓住家，夜市朋友介紹的透天厝離爸媽家十五分車程，月租一萬一，一樓當工作間，二樓生活，三樓堆貨，每層都寬敞，沙皮狗都帶過來養，這是我們倆住過最大的房子了，前有車庫後有庭院，附近都是稻田。租屋一落定，找人幫忙立案開公司，名義是企業社，資本額二十萬，董事長是我父親，員工就我們倆。以前給人當業務，前端作業都有人做，如今什麼都得自己來，我們打聽哪兒可以批貨，得上台北萬華，貨架那兒訂購？也在台北，壓克力櫃訂製，訂貨單印製，連一條束帶也得自己找廠商，最困難的部分是找手錶廠商，萬一貨拿貴了，怎麼跟別人競爭？那一日母親特地與我們北上，懷裡皮包揣著二十萬現金，神情相當惶恐，我們三人找到萬華大理街鐘錶批發市場，停好車，走進那棟樓，老實說三人都是顫抖的，隔行如隔山，一眼望去幾百家小小店鋪，架上牆上裡裡外外全都是手錶，該從哪一家下手？要如何才不會被當作「潘仔」大外行，我們像過路客那樣走走逛逛，先把這商場裡外給摸熟吧，看哪家順眼，還是貨比三家？母親在家一向不管事，夜市裡就負責吆喝，此次慎重打扮梳妝，可看出父母親對這次投資的重視，我一直不在狀況裡，而C一臉鎮定，看得出野心勃勃，也可以想見她的肩頭重擔。

走逛了幾家，同一款手錶價差頗大，再逛，傍晚六點，餓了，我聞到蔥油餅香，問母親要不要吃，她點頭，C沒搭腔，我自作主張買了三份，老屋子拐角一小店鋪，嚴肅近乎臭臉的老先生，麵餅現揉現煎，麵粉和上三星蔥，香啊，等待的時間，我瞥見一家廠商，也在轉角，店鋪三角窗，兩女一男忙活著，C來找我，也見到這家，她與母親先進去逛，我買好餅也跟上，見他們相談甚歡，C走來對我低語，「找到了，就是這家，價錢實在，電子錶同行都跟她叫貨。」我們嘴上還有蔥油餅的油光，走進狹窄店鋪裡，牆上的掛鐘，櫃子裡的石英錶，地上成堆的電子錶，有的靜止有的悄然走動，我們批了一些貨，公司要開張了。

台妹時光

時間之家

成立公司需要一些步驟，父親請了代書幫忙申請公司登記，接著就是想公司名稱，我與C可以自己作主，熬夜想許多，但她都要算筆劃請師父看過，我父母不信鬼神，C則是將信將疑，為了賺錢壯壯膽也好。

新公司新氣象，小型展示櫃也從舊公司的黑色換成藍色，印上新出爐的公司名稱，服務電話，用以區別新舊店家，舊的櫃子換貨時逐一解釋「公司改組名稱電話都需更換」，再貼上印有新店名的黑色貼紙，前衛這名，也不免老土，但配上裡頭花花綠綠的手錶，還算合宜。

展示櫃為壓克力製品，藍色頂蓋厚十公分、周身十五公分見方的透明櫃身在台北訂做，一只一千八，藍色部分四面印上白色店名，透明區可以看見裡頭一根塑膠軸支撐五個上下透明圓盤，由底座的藍色圓盤轉動，門片上附鎖，每個轉盤有十二個小孔，可以插上展示手錶的C型架子，如此一個櫃子可以放置4x12＝48只手錶，最上層是九百九的金屬鐵帶成人錶（通常分金銀兩色鍍金），這種錶都是中年人喜愛的，鄉下地方尤其暢銷，造型為仿勞力士豪華款式，錶會鑲上紅鑽藍鑽或白鑽，講究些的鏡面還會貼上「藍寶石防刮鏡面」的小貼紙，雖然不是真金真鑽，老人家農作的手滄桑，不耕田了，涼亭裡坐著，戴上這亮晃晃的錶，有種好日子終於來了的感覺。

九百九男女一對，七百九男女一對，四百九男女一對，價錢越減款式也更簡單，金銀外殼還是有的，彩鑽就少了，有些人對皮帶錶反感，有些人對金屬錶帶過敏，總是什麼都得考慮進去。第一層十二個高價錶怕人偷，每個都要用束帶鎖在C架上，客人要試戴就得把束帶剪下來，「錶帶太長怎麼

台妹時光

辦？」老闆總是問，我們發明出補貼五十元請到鐘錶店修剪，或者一通電話我們路過時到店家服務。新成立的公司啊，資金少人員不足，靠的就是勤快。

C很快學會許多修理技能，車上家裡有兩個工具箱，裡頭密密麻麻都是小螺絲小鑽小小電池小機心，她可以自己換電池，剪錶帶，到後來連玻璃鏡面都會換，鑲鑽掉落她也能照樣補上，廠商那兒要來買來各種工具，連夾在眼眶上的單眼放大鏡都有了，機心故障也能拆下來換新，以前在公司時故障手錶總是一大箱寄到台北維修，修理費用就不知花掉多少，到C手上，能修好一大半。

展示櫃第二層還是男女對錶，不知怎地，其實大錶並非只有男人買，小錶也不代表就是女人家，但是架子上兩大或兩小就是不好看，所以無論客人是否成雙成對買，我們還是習慣這麼擺，任君選擇。

標價四百九是大宗銷量的皮帶錶，錶款多為圓形，依款式看來主訴客群應為二十至四十歲的成年男女，所以款式造型多傾向保守傳統，金屬錶框，皮質錶帶，簡單大方。標價三百九則介於新潮與保守之間，端看時下流行什麼而定。

第三層則是主打電子錶，從最高價五百九，四百九到三百九，電子錶乍看都一樣，黑黑一大個，有各種按鈕，出自有台灣卡西歐之稱的捷卡電子錶，走的是運動錶路線，造型多、功能足，最初只是個小燈光，後來出了藍光，冷光，甚至還有七彩炫光，三十米潛水不夠看，五十米潛水才夠厲害，鬧鈴馬表甚至連計算功能都兼附，有些款式甚至還附有簡單的電玩遊戲，靠著手錶外型沒有專利這特點，著實把卡西歐所有款式的手錶都照樣做出低價高品質，全盛時期每月寄來的目錄手冊，款式已上達數百種，得照編號來找。

第四層主打二百九元新潮造型錶，石英電子都有，有時還有項鍊錶、戒指錶、懷錶、錶頭有圓形、方形、三角形、水滴形、多邊形，錶帶從七色皮質、手鍊、手鐲、到果凍塑膠什麼都有可能，就端看時下流行什麼，這種錶標榜生活防水，洗澡洗臉要拿下來的，非常容易進水，但會買此類手錶的人重視的多是造型，甚至買來當配件，弄壞就扔掉也不可惜。

熟悉平價手錶產業我才知道一般客人最講究的功能竟然都是「防水功能」，實際上精品高價錶也不鼓勵人帶著洗澡，但便宜貨就不能這麼著，於是我們又宣告一項服務，「三百九以上保證防水」，意味著以下的自行負責。

最有意思也最折騰人的是最底下一層的卡通錶，從二百九有卡通圖案的皮帶石英錶，到一百九的簡易電子錶，還有九十九的卡通電子錶，「專門賺小孩子錢」，所謂折騰人是因為卡通電子錶體積小，小玩具似地，但我們得每一只幫它校正對時，這是C的理論，「客人一看見時間不準就不買了」，偏就這種錶特別難調整時間，得拿個小鑽子從側面的小孔再配合正面的兩個小按鍵，調整年分、日期、時間，一整夜下來，眼花矣。

光是將這一櫃的手錶裝置起來就得耗去不少時間，但更辛苦的其實是經過一個月，在店家那兒擺放販售，收回來的櫃子，為了收換貨方便，也為了讓貨品汰舊換新，增加款式選擇，我們採取舊櫃整個清算回收，換上整理好的新櫃子，當然不是每只都全新的，而是帶回家時，先用雞毛撢子把櫃子上的灰塵撢掉，裡面舊的手錶逐一拿下，用抹布沾上穩潔，先把壓克力櫃整個擦乾淨，再用乾抹布打亮，只要沒有損毀，看來跟全新一樣。

櫃子要乾淨，手錶更得維持潔淨感，擺上個把月，錶框免不了氧化，得用眼鏡布沾上「碰粉」，以前人挽面專用的白色粉末，用力擦拭，可以把氧化的髒污去掉，還可增加金屬殼的光澤，這是C最講究的部分，也是最累人的。

外觀乾淨了，時間校對好，因為電池都在裡頭走，也有電力耗光的，就得拿下來維修，男女對錶一隻落單了，找找看有沒有配對的，找不到一樣，也得找個相稱的，湊合一下，又是一對佳偶。

壓克力櫃上有時會被黏著標籤紙、透明膠帶，甚至是小孩子玩的貼紙，這是清潔人員最痛苦的時刻了，先把模型膠塗抹在要去除的標價貼紙或各種標籤上，待其晾乾，再小心翼翼拿個小刀片不刮傷壓克力地把膠帶撕下，順利的話可以整個清除，倘若餘下些許膠痕，就用去漬油加抹布擦拭，C想出很多清潔方法，總之就是要讓櫃子恢復原樣，清潔一整個櫃子再裝妥手錶，手腳麻利也得三十分鐘。

剛創業的日子裡，工作真是沒日沒夜，白天開車出去找店家，招攬業務，定期收換貨，夜裡回到家，貨車開進院子，我們一個一個櫃子都搬到二樓，先匆匆把四隻狗都餵了，櫃子兩個一組上下擺正，就放在電視前面，我們兩人並排，備好穩潔、抹布、去漬油，已經裝在C形架上的手錶一只一只放在紙盒裡方便拿取，我們就一邊看電視一邊清潔，偶爾聊天，那時我們還相愛，還年輕，太年輕了，身強體健還能忍耐長時間的勞碌奔波，好不容易坐下來喝杯水，手裡也沒忘了拿幾盒電子錶來調整時間，深夜裡，該睡了，客廳即工廠的一片凌亂裡，大狗小狗席地而睡，偶爾會因為聽見電子錶滴滴的鬧鈴抬起頭來，我們的臥房就在一旁，只是一張彈簧床擺地上，衣櫥是三和牌，一件像樣的家具也沒有，睡夢中我彷彿也能感覺到滿屋子手錶滴答走響，那時的夢裡，時間是具象的，化為一只一只在櫃子裡等待出售的手錶，每一隻指針都指向不同方向，那些數字錶跳動的字體，石英錶機械細微的咔搭聲……時間在流逝、擁擠、奔騰、撞擊，時間的時間從我臉上擦過，在我耳朵裡響動，時間輾過我的生命留下劇烈的痕跡。

海海人生

小小壓克力櫃空間利用妥當，就擺在收銀櫃檯附近，方便老闆開鎖幫客人拿手錶，小東西怕偷，「擺櫃檯最好了」，我們總是這麼說服店家，其實另一層用意是，圖個順手之便，結帳等待時間，只要眼光一瞥，移動轉盤，說不定就看上那個手錶了，櫃子要是被拿到後面貨架上，就等於打入冷宮，再難翻身。就像便利商店櫃檯上總會擺許多小東西，這些銷路最好了，上架費可能也不便宜，彼時還沒有便利商店集點換哈囉KITTY冰箱磁鐵的風潮，7-ELEVEN小七也還不是那麼到處都有的年代，鄉鎮裡的雜貨店，五金行，超級市場，都還是民眾每日最常光顧的地方，那些地方，就是我們「寄生」之處。

我們無須付上架費，店家也不出成本，純寄賣，最早期跑鄉下小店，七五折，現金，那時還只是用個塑膠架子，把手錶一只一只用束帶掛上去，非常陽春的設備，往日我們在興叔

台妹時光

那兒上班，從台中出發，彰化、鹿港、二林、芳苑、溪湖，一路跑到四湖鄉，有許多偏遠地方的大型超市都是我們客戶，頭一兩年過年簡直大豐收，那時還不流行手機，每個鄉鎮有幾家鐘錶行，但還不時興這種兩百九三百九的廉價手錶，那時節景氣真好，老闆都純樸，也沒有競爭對手，連開支票都很少，都是付現，一家幾千塊，一條路線十五到二十家店累積起來業績很驚人，每次收貨款都是順利而爽快的。

我們最初跑的都是海線鄉鎮，後來也倒轉到從高速公路，許多我不曾聽過的地名，不曾見過的風景，甚至人們說台語的口音，在那時，工作彷彿旅行。

我記得口湖鄉與東港那種風裡都有鹽的氣味，我記得彰化一地叫「番婆」，我們的店家是豬舍邊的「問路站」，再小不過一家店了，沿著曲折的小路，四周有歪倒的磚房，剛下課的女學生肩背著「番婆國小」的書包，小小一家店，五個客人就爆滿，但手錶生意卻很好，可惜老闆娘算帳太吹毛求疵，退貨也太多，那是比隔壁豬舍的臭味更令人卻步，後來我們終於自動下架。

一年後到我們自立門戶時，已經有幾家同行死對頭，原本互不強碰的默契也已打破，看你這家店生意好，對手業務就上門了，不但壓低折扣，延長票期，有些索性說服老闆把我們的退掉，那段日子真是戰國時期，我是公司的主要業務，這種廝殺的工作就是我來做。

我對做生意毫無興趣，但天生是「生意子」，「一張嘴糊磊磊」，自小我只要站上生意台子，就是瘋狂推銷員，童年幫父母擺攤，或成年後陪C跑夜市，無論我喜歡不喜歡，我體內留著父母的血液，且青出於藍更勝於藍，在做手錶業務時再度發揮無疑，總是車開著開著，眼尖的我遠遠立刻望見新開張的彩帶花籃，「有新店」我對C說，她開始減速靠邊，我先下車探探，手裡拿著名片，一進店裡立刻張望櫃檯，見櫃檯上沒有手錶設櫃，立刻洽詢負責人，店若規模小，就找「老闆」，若規模大些「請問店長在嗎」，或是連鎖店，那麼就應該找「採購」，層級弄錯沒關係，找到對的人最重要，早年總是老闆老闆娘站櫃，我專門對付老闆，C則負責老闆娘，也有碰上真正負責人是從裡頭請出來的老奶奶，垂簾聽政。

做業務不怕碰釘子，「你好，我們是做手錶寄賣的……」總是這麼開頭，「我們是超市不懂手錶啦。」老闆這麼說，那你就要回答：「你不用懂，只要出個位置幫我們賣就好，售後服務，一通電話就到」，「故障怎麼辦？我們又不會修理？」通常進行到故障問題，那麼大勢已成一半，「新品一個月內免費換新，手錶終生免費換電池，其他維修只收手續費，保證比鐘錶店更便宜」，這時老闆半推半就，猶猶疑疑，C已悄悄將壓克力櫃拿進來，我已經在張羅位置了，「先擺擺看，真的一點也不占位置」我把桌面上的口香糖，喉片等小玩意挪開些，硬把櫃子塞進去，有結帳的小女生已經開始轉盤子看手錶了，我順勢又跟客人介紹起手錶，「老闆，先讓我們放一個月試試看，有什麼問題我們立刻收掉，好不好？」嘴裡還問好不好，手裡已經拿出訂貨單開始填寫，

「那個折扣怎麼算？」老闆問，我知道，成交了。

若遇上才開張已經有手錶設櫃，心裡哀嘆一聲「慢了」，但依然不放棄，看看是第幾號對手，若是第一號專門找我們打的，二話不說名片拿下去，先擠進去再說，若是二號對手，大家偶爾強碰，非親非敵，就事論事，就先看店的規模與生意，倘若都是強店，評估之下還是進去談，如果規模與生意

都一般，暫時放棄也可以。名片遞上去，「我們已經有手錶設櫃了」，對方當然會這麼說，我就說：「客人啊，都喜歡比較，兩櫃放在一起，貨色就齊全了，而且，有兩家一起服務，大家的服務都會比較用心啦」，當然也有人會直接說：「我不喜歡複雜，一家就好」，這樣的店就不勉強他，還是放入口袋名單，偶爾路過還是去拜訪他，遇到弱點時還可以再攻打。有些喜歡「比較」的老闆，打進去容易些，但後患也無窮，首先折扣戰就開始了，有時票期也要比較，最麻煩的是，有時故障品兩家會搞錯，別人的手錶放進我們櫃子裡充數的也有，後來大家就發明暗號，把寫有店名的小貼紙貼在手錶底殼上，順道寫上29，39等價位的代號，以免到時跟店家盧不清。戰國時代，大家都付出很多代價，削價競爭，使得利潤下滑，成本增高，把店家胃口養壞，收現金的好日子不再了，七五折下殺到六折開兩個月支票，利潤已經很薄，但這時，要退出已經太晚了。

那時，已經開始感受到債務的壓力，當初開公司的現金是七拼八湊而來，標會，跟保險公司貸款，以及父親跟成衣廠商展延三個月貨款，每個月除了手錶的貨款，加上成衣已經展延的貨款，三四十萬現金都得從手錶的收入來周轉，我們又開始擴大業務，每增加一家店就是八千元左右的資本，但當時手錶仍有利潤，生意也蒸蒸日上，俗話說「頭已經洗了」，除了前進沒有其他辦法。

於是我們發動貨車，在日復一日的長途裡，繼續著寄售手錶的買賣、軋票、付款、收帳，點貨，滴答鐘錶聲運轉，從二十多歲，走到三十，從相愛的一對戀人，漫長旅途，把愛情走成了事業，前途未卜，不知歸期。

台妹時光

流水席與檸檬派

做業務員第一要能忍，忍耐長途搭車，忍耐長時間憋尿，忍耐錯過吃飯時間。忍字底下三種功夫我都做不到，所以我跟C的搭檔充滿了「停車」與「下車」。我們貨車從租來的透天厝開回老家，吃完母親做的三菜一湯，從家裡出發，行到路口我下車在便利商店用保溫杯沖了熱咖啡，C就是兩罐伯朗藍山，她開車平穩流暢，無論貨車轎車，都一樣舒適，上了交流道，通常會在彰化或西螺下，我們利用這時間喝咖啡聽廣播裡的路況與新聞，彼時我們都抽菸，車上廣播裡從不間斷，一下交流道就有我們的店家了，整貨換貨收錢開票，一個月巡一次，時間不到是不用進去的，所以想上廁所得到加油站。

與石女和興叔拆夥時我們有一百多家寄售的店鋪，每家的帳單與資料都放進牛皮紙信封，出發前C會一一按照路線排好，可能今天跑的是彰化到西螺，明天就是虎尾到北港，後天是北港嘉義新營，一個路線十到二十家店不等，她腦中簡直有GPS，省道縣道鄉道，田邊小路，彎來轉去，總難不倒她，開車認路釣魚修理機械，連我爸都讚她一聲厲害。那些日子我們不知跑過多少路了，我負責招攬廠商，她負責開車搬貨，通常就是我們遠遠看見一家五金賣場、文具店、書店、雜貨店等，就停車，我走前她走後，我先到櫃檯找負責人，規模小的就直接問老闆在嗎？規模大的店家，得透過採購，店長，經理等，無論規模大小，總是我負責去談生意，過程裡也會見到其他業務，送飲料，生活用品，業務員總是慢吞吞的，好像有無限時光可以在那兒等待，等待就是他們工作的項目之一，但我可等不了，我們是跨區域的，我們背後還有銀行支票在追趕。每日除了固定的店家月巡一次，見到新開張或者遺漏的店鋪還是得下車去推銷，時光都在車裡度過，找到新的店，談成了寄售方法就開心，談不成，我們總會事後檢討，是折數問題嗎？最早時七五折收現金，那時日子真快活，後來開始競爭了，規模大的店家殺到六五折得開支票，月結，利潤少了，真苦悶。

那日也是跑雲林縣，已經錯過吃晚飯時間，C說：「再忍，我們到了褒忠再去吃」，車程裡經過荒涼處，我肚子餓得咕咕叫，車子一進褒忠鄉，遠遠地就感覺到一股熱鬧，空氣裡都是煙香，到處搭棚子，辦流水席，那些大菜的香味更是引得我飢餓難耐，「我一定要先吃飯」我哀號，於是去找小吃店，一家走過一家，竟都歇息，才知道遇上做醮，所有人家都擺上筵席，哪需要賣小吃？我們夢遊似地在街道上繞來繞去，終於找到一家麵包店，貨架上空空如也，只剩下幾個黃色檸檬派，冰箱裡有牛奶，我們各買了檸檬派與牛奶，那是冬天，車窗外呼呼的風，街道上瀰漫飯菜香，C把車子靠邊，點燃一支香菸，「對不起啦，我不知道會遇到大拜

拜。」她說，其實哪裡是她的錯，但我搥了她一下又一下，
「我不喜歡吃冷食。」委屈地說，然後撥開包裝，一口咬下檸檬派，表面的奶油脆皮酸酸的，裡頭包的海綿蛋糕柔軟，那是小時候的記憶了，可是我長大啦，旅途的飢餓，勞累，與難以言說的什麼，關於生活的困頓，使我真的流下眼淚，鹹的淚配上酸的派，空空的胃裡降下了陌生感覺。

台妹時光

炒飯炒麵蛤蜊湯

日復一日的送貨旅途裡，我們吃遍了各地的小吃，C是工作狂，只要兩瓶伯朗咖啡加上兩包大衛杜夫香菸，加上一顆茶葉蛋，即可度過一日，我卻是每日三餐，餐餐定時，肚裡有鬧鐘似地，五點一到就開始自動搜尋，小吃是無法滿足我的，我總得吃米飯，吃麵條，即使是粗食，也要有幾樣配菜，才感覺有體力。

自助餐是每個鄉鎮必找的，可到了偏遠小村莊，真不知哪兒可以找到自由打菜的小吃店，退一步，就是快炒店了。台灣中南部無論城市或鄉村，凡是稍微熱鬧點的街道，都能找到這樣一家「快炒店」，無論是攤位上擺滿生猛海鮮的「海產店」，或者玻璃門上貼著紅紙黑字寫著「九十九元特價」，或者乾脆來個「全店一律一百元」的平價海產店，或是不標榜海鮮，而是以「什麼都可以炒」的炒菜專門店，有三樣東西是一定吃得到，且保證便宜的，第一是肉絲炒麵，第二是肉絲炒飯，第三就是蛤蜊湯。
當時生活拮据，即使進出大筆金錢，也只是過路財神，立刻要拿回家給填補每個月高額的支票，無論賺多賺少，生意好壞，我們的生活一樣簡樸，自助餐店兩人一百元的四菜一湯，小麵攤兩碗乾麵一碗湯，小菜頂多滷蛋海帶豆乾選兩種，到了快炒店，自然什麼都不炒，一人點炒麵，一人點炒飯，小碗蛤蜊湯，一百五十元解決。

手藝高超的店，炒麵炒飯也做得好，我甚至覺得這才是考驗一個師父手藝的關鍵，我曾在彰化鄉間一間車庫改建的小吃店吃過一盤四十元的蛋炒飯，就是青蔥雞蛋醬油，滿滿一盤子，無須加什麼配料，醬油配上雞蛋飯粒裹炒出恰到好處的鹹香，是那種家裡沒菜時手藝好的媽媽隨性隔壁借兩顆雞蛋就能變出來的好料理。

C喜歡海鮮，年輕時花錢毫不手軟，與我一起生活之後，扛負著經濟壓力，變得與我們一樣儉省，為了趕時間，為了停車便利，每到一處新地點，總要開發新的吃飯小店，通常是附近就可以停車，最好座位就在門口，方便C進了店裡還能探頭張望裝滿貨物的貨車，快炒店的菜單經常都是寫在牆上，我們像其他人那樣瀏覽，但最後點的一定是「炒飯炒麵」，甚至也不分什麼「海鮮炒麵，什錦炒麵」或「蝦仁炒飯，什錦炒飯」，那是快炒店的基本配備，給點菜的客人拿來下配菜的主食，偏遠地方一盤賣五十元，市區可以賣到六十到七十，也曾誤上賊船走進基本消費就是一百的店，我們含淚心痛吃著，並不覺得特別好吃。

有時我喜歡吃飯，有時喜歡吃麵，因為拿不準這家店專長是什麼，或者我其實兩種都想吃，每到一家沒去過的店，我跟C會下賭注似地猜測，「你先選」她說，我選了炒麵她就吃炒飯，往往她點的都比我點的好吃，於是就交換，如果兩盤都差不多，就平分，如果兩盤都好吃，我就多吃點。我們這種點菜方法，連一盤炒青菜都捨不得叫，小碗湯還得再分出兩小碗，時常遭到店家白眼，那時我們還相愛，不顧別人怎麼看，那時，真是禍福同當，苦樂同享，她總是多讓我些，我就把有肉的蛤蜊都撥到她碗裡，艱苦的日子裡，至少還能感受到體貼。

台妹時光

噴水雞肉飯

漫長送貨之旅，每次上路，我們總會先選定午餐地點，許多地方沒去過，就問問店家「附近有什麼好吃？」那時還不會上網，也不流行網路美食搜尋，路途裡靠的是一張張縣市地圖，以及C過人的記憶力。我是路癡，但我善認人認店頭，還會認吃食。

我們倆算是最佳拍檔，除掉感情上的牽扯，工作上可說是完全互補，我善外交，她善內務，我負責推銷，她負責出貨，漫長路途上，我還負責說笑話。一九九九年，我們的業務剛拓展到高雄屏東，還沒賣到東部去，嘉義時常是我們的中繼站，貨車一上路，一站不停直奔嘉義，下了交流道就去買水、上洗手間、吃午餐，速食連鎖店似地，嘉義雞肉飯。

對於雞肉飯我有更美好的記憶，是準備考大學那年的暑假，高中貪玩，整個荒廢，就想靠一兩個月閉關來補救，那時母親也遠征到嘉義賣衣裳，我們母女倆就住在三舅家，白天我把自己關在後面倉庫裡讀書，夜裡我與母親住前面客房。曾經被瀟灑浪蕩的三舅帶著吃過許多美味小吃，其中一家雞肉飯在噴水池附近，三舅總是笑說：「會噴水的雞肉飯歐。」火雞肉絲鮮嫩，米飯香Q，上面一小撮蒜酥，淋上點雞油，好吃得咋舌。

剛開始送貨時，C曾帶我與母親去探望外公外婆，因為工作忙碌，父親又不支持，高中畢業那年之後，母親就鮮少回娘家，只在三舅喪禮上出現過一次，那回是久久回家，一進屋外公外婆都紅了眼眶，歷經滄桑的母親長得與外婆相似，當時他們兩老也已歷經變故，最令人操心的三舅肝癌去世，最讓人放心的五舅經商失敗，連外公外婆住的老家也保不住，兩個生活幽靜的老人落難似地搬到小社區一樓套房，房子窄仄，但依然清幽，電視台播放著NHK，我們陪外公看電視，外婆進廚房弄水果。

落難歲月裡，我與C帶著母親與外公外婆出去晚餐，那天吃的是高級日本料理，外婆與母親都豪氣，外公卻很孩子性，天黑就不出門，膽小，吝嗇，據說他從不搭車，寧可走路，就是怕危險，但他卻搭上C開的轎車，沿途鎮定，一臉莊嚴，送他們到家時，他鎮重地稱讚了C，說這孩子開車真穩，「坐落穩當當，攏昧驚。」

C開車確實是那樣的，她如此嬌小，卻能駕馭一台大車如使喚忠狗，那些忙碌得彷彿沒有盡頭的日子裡，我們曾是對方最可靠的夥伴，那時年輕，儘管生命對我們嚴苛，她總是咬著牙苦撐，那時的我，太任性了，眼前還只能看見自己身上的委屈，看不見將來，只感覺時光如流沙從張開的雙手洩漏，我嘴上不說，卻埋怨她因為可靠使我走上這無岸之旅，許多時候，我們在車上冷戰，最高紀錄，曾長達一個月冷戰，無論我如何說話，她都不回答，那樣的日子裡，時間到了，她依舊開下交流道，帶我去吃飯，偌大的餐廳裡，人人拿著一個托盤，想吃的東西都自己拿，我點了雞肉飯，味噌湯，因為她什麼也沒點，所以無法分吃一盤小菜，我乾巴巴扒著飯，想起三舅說著會噴水的歐，那樣逗趣的臉，我抬頭看C，「別生氣了。」我說，「吃飯吧。」

台妹時光

憂鬱雞絲麵

手錶公司開張剛滿兩年，來不及賺大錢，我就患上憂鬱症了。

我與C在鄉間租賃的透天厝，屋後有一整片稻田，租屋頭一年，三層樓建築只用到一層，一樓除了車庫，只當作堆積貨物的通道，廚房連流理檯都沒用過，堆滿了空紙箱，二樓一間有衛浴的主臥房，六坪大的空客廳，樓梯旁一間客用洗手間，三樓與二樓同樣格局，客廳用來晾衣服，客房空著，一件家具也無。

彼時生活緊張混亂，這屋子的擺設完全為了工作方便，起初公司只有我們兩人，難以計數的手錶堆積屋內，我們一早起床就開始動手整理貨物，中午開車回爸媽家吃午飯，然後就上路，一週四五天都在送貨途中，剩餘的日子，就變成女工忙不迭地揮動雙手進行各種前置作業，二樓客廳有一個矮茶几，四張藤椅，牆角一個木桌，桌上放著電話與名片本，白天我在這裡接電話，夜裡，在這個小桌上算帳，開發票，做一日業務的報表，夜深了，手上的活忙完，餵了狗，清掃狗大便，該帶下樓遛的也遛過，沾滿屎尿的報紙連同其他廢棄物裝進垃圾袋，拿下樓扔在門口的垃圾桶。作為公司一分子的我的一日結束了，作為小說家的我，一日正要開始，通常已經是深夜一點，我把電腦打開，剛學會用電子郵件，有幾個往來通信的朋友，收信回信，打開小說檔案，幾乎都是才開頭就作廢的稿子，或許有一點邀稿，但更多時候，我搶著那點睡前時光，讀書寫作，與未成形的小說奮戰。我已好久好久沒有新作了。

初時不懂得何謂憂鬱，大抵是日積月累的疲勞悲傷，終於把自己壓垮了，起初是不能睡眠，後來白日也昏沉，疲憊雙眼望見的世界，像籠罩一層灰色霧靄，吃不下睡不著，每天依舊有忙不完的工作，一日醒來不想起床，硬逼著自己上車，望著車窗外，眼淚不能停止。

朋友介紹的精神科在台中市，C每週一次帶我去看診，醫生沒給病名，只說我需要改變生活，做心理治療。每週四下午的門診是我的放風時間，小小診間裡，醫生聽我話說從頭，彷佛只有那五十分鐘，我可以不顧現實追趕，不管那些滴答走響的時間流逝，不需擔心即將到期的支票。

我都不記得醫生給了什麼建議，只記得每天睡前一顆的抗焦慮藥物，半年後減半，八個月後完全停止。

公司請了工讀生，也登報尋找業務，疾病幫我爭取到一週幾次的私人時間，我時常騎著單車到附近閒逛，腦子從陰鬱到空白，到慢慢可以開始思考，關鍵的那天，我騎單車到不遠處的中學，那是我少女時期度過的地方，走進一家冰果店，十多年過去，老店已經換上第二代經營，還是一樣賣蜜豆冰、木瓜牛奶、綠豆沙，熱食有雞絲麵。我先點了一碗雞絲麵，這麵是速食麵，小包裝拆開，捲成團的褐色麵條細而脆，附上一小包冬菜與調味粉，開水泡就會熟，老闆加上蛋包，撒進一把小白菜，這樣的食物，就是要在冰果店裡吃才會感受到美妙的滋味。我花半小時吃喝那碗湯麵，又點了一杯木瓜牛奶，濃香木瓜與牛奶混合，胃裡冷熱交替，感覺味蕾與腦袋都甦醒，眼前突然亮起來。我不知該高興或感傷，對抗了憂鬱症，卻還沒解決人生的難題。

台妹時光

燒酒雞與她的夢

賣手錶的日子進入第三年，公司終於有了固定的員工，阿梅，早九晚五，負責整理內務。阿梅年方二十三，已結婚生子，嬌小個子小屌斗，眼睛很秀麗，幾年工廠包裝作業員訓練，手腳麻利，C很誇讚。阿梅的娘家就在我們社區裡，這也是她應徵工作的主因，她與先生小孩妹妹妹婿合租一透天厝，離我們也只有十分鐘摩托車程。我沒當過老闆，也不知怎用人，待她像自己妹妹，因她來上班我有了寫作的餘裕，我特別感激，時常要給她這給她那，不出車的日子，我也常與她說話。

熟稔起來，也知道她些許心事了，妹妹比她美，嫁的老公比她的老公帥，父母親都是酒鬼，「人生沒一件事順利。」我見過她先生，矮個子大眼睛，看來忠厚，阿梅說：「我們不是戀愛結婚」，我問她那是為何結婚，她悶悶說不出口，只蹦出一句「追我的人不多」。

年節送禮，我與C去她的住處，進入那棟透天厝，一樓當作客廳，真是家徒四壁，入口處停兩輛機車，兩張可以折疊的矮桌，幾張塑膠椅，一旁塑膠箱上擺個卡式爐，就在那兒炒菜煮湯，兩個孩子地上爬的走的，幾個玩具散落。阿梅的丈夫在煮燒酒雞，阿梅與妹妹幫忙洗菜，妹婿在照顧孩子。寒天裡，沒有不留下來喝一碗湯的道理，工人生活，四份收入，卻也無法維持一個像樣的家，阿梅說，「都是爸媽害的」。兩老傍著一雙弟弟，屋裡酒氣沖天，小弟才九歲，大弟也不過剛上國中，我簡直不敢相信他父母都是四十多歲壯年人，像被什麼抽乾了體液似地，特別乾瘦矮小，臉上掛著小心翼翼的笑容，神情茫茫的，米酒從早喝到晚，也不怎麼吃東西，母親白日裡還會下廚，煮幾個菜，中午時間阿梅總回父母家吃飯，有時返回公司，一臉嫌惡表情，「我媽又在那兒發酒瘋。」

算起來四份收入要養活十個人，老的老小的小，阿梅時常偏頭痛，就到藥房買「止痛藥」，小小黑藥罐，藏著她所有辛酸，我怕她上癮，也覺得成藥不可靠，她卻說：「喝這比喝酒好」，一罐二十元，十五分鐘解除煩惱。

那日我逗著她的孩子小寶玩，這孩子結合了父母所有優點，簡直是家中最漂亮的寶貝，但三歲了還不太會說話，想來也是沒人好好教孩子學語，「我們最喜歡吃肉了。」阿梅說，C與阿梅的丈夫、妹婿在小桌邊喝酒，所謂燒酒雞，麻油薑片爆香，雞肉翻炒，加上也可以害人成癮的米酒，燉煮熟爛，阿梅家的吃法要加上滿滿高麗菜，碗裡白飯堆得老高，用的是紅色的塑膠免洗碗，免洗筷，一切都是慌亂而臨時，彷彿隨時家就要潰散。簡陋凌亂的客廳裡，孩子牙牙學語，我們幾個大人吃得熱臉紅腮，我幾乎要醉了，那時我才二十六歲，也不過大她三歲，當我走到外頭去抽菸，阿梅也跟來，

「告訴你一個祕密。」她怯怯地說，「什麼？」我問，「我真的很羨慕你。」她說。

天寒地凍，我們都臉紅了，我感到暈眩，我是她的夢，而誰又是我的夢。

台妹時光

孤獨的薑母鴨

台中人喜歡吃薑母鴨，一年四季，大街小巷都可見掛著紅面番鴨招牌的「霸王薑母鴨」「霸味薑母鴨」，紅底黑字，不細看真分不出差別，但誰更好吃，誰才是正宗，就各有支持者了。我們跑業務吃得不講究，倒是有些冬夜裡，風塵僕僕一路趕，下了交流道，會特地繞去豐原買薑母鴨。

C對吃的講究，也有她省錢密招，當然就是店裡買一份薑母鴨，米酒自備，連高麗菜與豆皮也到市場加買，這分量足使一家吃飽，家裡就我們倆，買這麼多料，自然是有客人來了。

阿德是C的舊友，以前做麻仔檯的同事，後來大家轉業，他工作一直不順，交往多年的女友都分手了，有陣子落得連住處也無，就到我們家借住，公司業務正待開拓，就僱他跑北部，開發客戶。阿德工作不順利與他性格有關，脾氣火爆，常與人起衝突，他又自視甚高，常覺得不受重用，無人理解。C算是他的知音了，三樓半做倉庫，另一半晾曬衣服，我們給阿德鋪了張椰子床，弄個吊衣桿，湊合著住了，白日他開著車出去找店家，夜裡就在客廳跟C喝酒，起初我們還能諒解他的牢騷，時日一久，也覺得自憐成分居多，但有吃有喝還是大家一起享用。那時屋裡廚房在一樓，卻連瓦斯爐也沒有，就是二樓客廳附輪子的小鐵櫃，上面單口爐，下頭擺台小瓦斯桶，燒水泡麵煮湯就靠它，阿德喜歡弄吃的，當然也自詡廚藝好，所以薑母鴨買回來都交給他，洗洗切切，米酒何時放，何時起鍋，全讓他做主。我們自己在家裡做過，一樣買回紅面番鴨，切塊，薑母用麻油爆香，鴨肉翻炒，全米酒不加水，只加豆皮與高麗菜，煮起來也是香，但那鴨肉口感就是不同，店裡賣的是軟而不爛，鴨皮略有焦香，湯頭也特別甘甜，有種吃法是沾醬裡加入白色豆腐乳，但我們不愛這麼吃，我光是吃高麗菜就能配上兩碗飯，阿德則光是喝酒配鴨肉，C不吃蔬菜，愛吃米血糕。

阿德業務做得並不好，因為晚出早歸，沒耐性，時常開著貨車到處亂逛，C很不滿，屋子裡有個男人也不太方便，阿德似乎看不出我與C是戀人，有段時間甚至以為我與C在房間裡爭吵是因為他而爭風吃醋，到這一步連我都忍受不了，那段日子大家都不好過，我們付不起全薪給他，算業績他又做不出成績，再下去連友誼都要生變。

一日我對阿德說了我與C的戀愛，他大夢初醒，知道再下去是給人添麻煩了，他要離開那天，我們約去店裡吃薑母鴨，不知酒醉或何原因，他激動大哭，直說對不起女朋友小麗，他心中仍記掛當時發下豪語要發達了回去娶她，破釜沉舟似地以分手作為賭注，豈知那卻是最後一擊了。阿德離開後，我上三樓整理屋子，西曬的太陽光，滿地塵埃，椰子床邊都是菸蒂與酒瓶，我看見一張舊報紙，求職廣告上密密麻麻都是原子筆圈號，他睡的地方就在我們晾衣服的鐵桿旁，彷彿他是用那些衣裳擋住刺眼的陽光，凌亂的床褥上彷彿還有他徹夜不眠的痕跡。

多年後我與C早已分手，有一日C對我說，接到阿德父親電話，說他在海邊垂釣，失足落海了。

台妹時光

六指和熱滷味

手錶寄售公司營業期間，第一年員工只有我與C，校長兼撞鐘，採買貨物包裝清潔、招攬業務、收換貨、開發票、跑銀行、接電話、結帳請收貨款，無一不包，原本只是她開車我算帳這種浪跡天涯的瀟灑組合，做一休一，空閒時間還去擺地攤，自己開公司後，忙得天昏地暗，睡眠不足，我幾度罷工，也曾離家抗議，後來就染上了憂鬱症，第三年開始，先是找了阿梅幫忙做內務，後來業務範圍擴大，便開始找外務。

我們僱用過許多業務員，業務範圍從台中縣出發，每個月逐漸擴展，一年後已經到達高雄，全台灣合作的店家有兩三百家，雖然只是在店頭櫃檯借用一個小位置，把裝有手錶的壓克力櫃放在靠近收銀機，這個策略是「結帳時容易看到手錶，看見了就會有購買的衝動」，但手錶業務因為得跑全省，幅員廣，時間長，且除了招攬業務，搬貨、點貨、收款，有時還得現場整理手錶，細碎耗時，員工往往待不滿一個月就走人，只有兩個人待得長久些。

第一個是小陳，小我一歲的大男生，來應徵時我覺得面熟，他有唇顎裂手術過的痕跡，且右手有六指，但就想不起是誰。

新來的業務由我跟C輪流帶，我與小陳一起出車送貨的日子比較多，車上難免談天，他說高中畢業就出來跑業務，做過超市，百貨，但也不曾跑過長途車，我們一出門回到家都超過十點了，小陳倒是從不抱怨，他喜歡喝康貝特，吃飯完全不挑，因為也住神岡，晚上回到公司我們會在路口買加熱滷味，會陪C喝兩瓶啤酒，這種滷味攤是長大後才有的，貨攤上滿滿的食材，拿個小籃子讓你挑，我們總是買高麗菜、豆皮、冬粉、雞肝、米血、金針菇，加上湯汁，最後是一把酸菜，我總是要店家把辣椒另外放，如果只跑彰化雲林，回到家可能才九點鐘，小陳就在我們那簡陋的客廳裡陪C喝酒聊天。

小陳總是說些以前跑外務的事，很少說自己。

我們倆幾次一起跑南部之後，一日在回程的高速公路上，他悠悠說起往事，原來跟我們是鄰居啊，他家就在鄉下竹圍外最近的透天厝，小學時發生大火，我們村裡小孩還曾跑去看消防車，那次大火奪去小陳的父親與哥哥，房子全毀，他說哥哥那時成績優異，都要上高中了，幾個叔伯幫他們孤兒寡母湊錢，把閒置的農田整了地，搭了一個鐵皮屋，是我日日上學要經過的路口，當時我不知這兩家的關係，總覺得那田中的鐵皮屋十分稀罕，前面架著瓜棚，停腳踏車，養雞，種花種菜，像是童話裡的森林小屋。

童年的小陳還是個孤僻痛苦的孩子，因為唇顎裂與六指，親戚甚至都說他是災星，學校裡也常被欺負，我終於想起了時常在放學路上遇見的那個男孩，孩子們總是推推搡搡喊著：「怪物，怪物」，原來就是他。

我心裡有種自己當年沒有見義勇為的慚愧。

「現在都好嗎？」我問，他說：「小時家裡沒錢做唇額裂手術，長大後才做的，但第六指卻不願意手術去掉。」我問他為什麼，他說：「用來提醒自己要堅強」，我問他可以摸摸那個小指嗎，他伸出手，我像面對碰觸某種易碎物那麼小心地輕輕碰觸，感覺像被電了一下，他坦然地笑笑說：「這個不會痛啦」，不知是為了平息舊創，還是要設法安慰我，我們尷尬地沉默了一會，夜車繼續在街頭安靜地駛過，回到台中發現下雨了，劃破水窪激起小小的水花，車就停在滷味攤子前。

台妹時光

美人兒鹹酥雞

公司第一個女性業務是C從前的同事，小喬，長腿美人，來公司上班前就見過幾次，一起去釣蝦，吃熱炒，那時C另一個同事在追小喬，苦戀五年，小喬總是拒絕，因為她未滿二十就結婚，後來因為丈夫愛賭愛喝，一直處在分居狀態，「婚姻沒解決我不想拖累別人」，她自己帶著個有心臟病的女兒，什麼活都做，到我們公司之前，她做過保險，直銷，賣過房子，後來從事美容按摩，業績拔尖，好不容易把債務還完開始可以存錢，但因為人美，免不了男客騷擾，同事妒恨，她幾乎做什麼工作都碰上這兩大問題。C一直想要找個女性外務，出差時就不用住兩間旅館，認識的人當員工有好有壞，算是互相幫助。

當時業務已經發展到高雄屏東，長途遠征，夜裡都要住汽車旅館，我陪小喬去熟悉店家，每到鬧區停車不易，我就在車上先等著，只見她穿著窄裙高跟鞋，抱著一台壓克力櫃，快步過街，她單薄的身體漂亮得令人心疼。

我們的手錶多送到超市，五金百貨，或書店，超市的業務員多半是送些生活用品，就是縣市裡跑跑，多數時間都在跟老闆泡茶，只有我們是趕路型的，別說哈拉聊天了，除了談業務，就是等著收貨款，小喬說，這種工作一個人做起來真辛苦，我怯怯跟她說，「之後你就得自己跑了，公司會花錢僱用業務，主因就是我想寫小說。」

市區裡找不到汽車旅館，為了省時間，我們找到了愛河邊一家商務旅館，貨車就停在停車場，沒敢給C知道，她一向謹慎，深怕有人夜裡撬車，一整車家當就此烏有。

夜裡我與小喬在小旅館裡，十點就收工，小喬跑去附近夜市買了鹹酥雞，整整一大袋，鹹酥雞、柳葉魚、甜不辣、豆乾、花椰菜，還買了好幾罐啤酒，我才知道她原來是大胃王，天生吃不胖的體質。

小旅館燈光黯淡，電視機開著，我們坐在她的小床上，鋪開滿滿的食物，她一邊研究地圖，規劃明天路線，一邊大口吃喝，爽朗的她，說起坎坷的婚姻倒是沒有抱怨，但一提起她的孩子，就顯得脆弱，她說她的人生啊沒什麼好事，一輩子都碰上壞男人，唯有大口吃肉喝酒，使她感到愉快。

那一趟旅途之後，我們算是交了心，有時只在台中市區，我也陪她去，回程途中，她總是會買一袋鹹酥雞，台灣北中南啊，這是到處可見的吃食，要炸得酥，都看裹什麼粉，才能酥而不油膩，起鍋時撒下一把九層塔，我就喜歡吃那炸過的薄脆葉片，小喬每次都說：「那是聞香的，不能吃啦」，彼時我也吃不胖，業績好的日子裡，她就買多一些，業績不好，也要買多，我就會搶著付錢。

我與她之間既無男女的張力，也沒有同性的比較，反而有種惺惺相惜，她對我所知不多，連我寫什麼小說也不知情，卻對我推心置腹，是個直性子的爽朗女孩，我問她為何那麼早婚，她說家裡窮困，孩子多，從來也沒有自己的房間，約會幾次，男孩帶她回家，是好大一棟透天厝，全家人都很疼愛她，她沒多想就嫁了，「只為住透天厝啊。」她調侃自己，我問她後悔嗎？她猶豫一會，說：「如果他願意改過，負責任，我還是會給他機會，」說完我們都陷入沉默，車子到巷口了，她爽朗一笑又說：「我已經存到小套房頭期款了，靠自己啦！」

台妹時光

水煮花生拼菱角

送貨的日子，漫漫而重複的車程，一天七八小時都在車裡，除了聽廣播，抽菸，聊天，就是各自守著窗景，作為司機的C當然凝視前方，她個子不高，駕著一台福斯T4柴油版加長型客貨兩用廂形車，見到的人都覺得不可思議，但我感覺她開得比任何高大的男人都更穩當，近視眼鏡底下的雙眼精準如鷹，腦中熟記地圖，又有絕佳方向感，旋轉方向盤，彷彿添了翅膀。

我則是偶爾發呆，偶爾瞄望側窗，倘若還有什麼風景可看。或如她那般朝向前方，凝視著高速公路單調重複的景致，因為久看熟悉我也懂得辨認各家廠牌的車型。我不吃零食，也不喝什麼提神飲料，出神的時候，想的是我仍在構思但無暇書寫的小說。

途經鄉間小路，風景有更多變化，有時C突然停車，不是因為店家已到，通常就是碰上了想買的東西，各地名產啊，台東買釋迦，車城買洋蔥，玉井買芒果，關山買米，花蓮買麻糬，她喜歡帶伴手禮回去，除去這些名產，有時的停駐，為的是路邊一攤攤賣熟食的攤子，熱呼呼的菱角在當季簡直如盛開的花，有小販為了吸引人注意，不知用什麼材料製作了特大的黑黑菱角模型，遠遠一看多醒目，在我來說該停在那一攤，是令人尷尬的難題，或許我總想起童年夜市經驗，知道守顧一個攤子等待客人上門的心情，但C沒這些猶豫，她眼力好，也有饕客的直覺，她總是知道該在何處停，甚至發現有異時，也能毫不害羞地倒車，小販通常會熱心地立刻送上幾顆讓你試吃，當季食物，又是盛產，菱角肉質札實卻鬆碎，有其綿密卻不黏膩的爽口，C總要買上一百兩百，一些路上吃，剩下的回家下酒。賣菱角的攤子通常也賣花生，照樣熱騰騰裝在大竹盤，有時就路邊一頭戴斗笠的花衣婦人守著折疊桌小攤，有的就一老頭蹲路邊矮凳子上放兩籮筐，也有規模大的攤位，開小貨車，後車廂掀開，夫妻檔一個煮食一個販賣，菱角花生各一簍，堆得小山似地，最熱鬧，我喜歡看這些或車上的器具，看人家怎麼把一小車作成店鋪，有時車上還帶著孩子，連電視機都有吶。

回到車上，只見C快樂地捧著裝袋的菱角，嫻熟地繼續開車，偶爾剝一兩顆出來吃，雖知道我不熱中，剝出特別兩頭完整尖角的還是炫耀塞給我，我想起童年時在鄉下，父母生意失敗後，母親離家到城裡工作，竹圍裡透天厝只剩我們三小孩跟父親，擅長木工的父親不善廚藝，但仍努力烹煮飯菜給我們吃，一次他燉了好香一鍋什麼，得意洋洋端上桌，他說是「菱角燉肉」，鐵鍋裡半淹著褐色的湯汁，舀起來是大塊紅燒肉與燉得看不出原色的菱角，父親買的是市場剝好的，尖角都去掉，邊緣鈍鈍的，那可能是我生平第一次吃菱角，肉汁滲入木質感的菱角肉中，是說不出的奇異滋味。父親當時還年輕，眼角已經有了滄桑，他問我們好不好吃，我們只顧扒飯，也說不出什麼，電視機響著，屋裡滿是肉香，當時父親的臉某些表情，如今想來與後來的C某些時刻相似，是疲憊，滿足，又孤寂的。

台妹時光

螃蟹之味

C五專沒畢業，就休學離家，說是年輕人的叛逆，不如說是一種自我放逐，我們自從國中畢業，曾幾度相逢，又自然地分散，年輕時光的友誼像是天上飛鳥，有時群聚，有時四散，我再見她時，她已經嘗受世間冷暖，我也因為一段不倫感情弄得遍體鱗傷，我們就像離散的親人，理所當然要互相照顧，相親相愛，自然地成為戀人。

火熱的戀愛很快就進入家人狀態，同居，共事，一起收養路邊的流浪貓狗，一起沿著省道與高速公路四處送貨，那時我二十五歲，若要說那是一種婚姻狀態，幾乎也可以成立。直到與她一起，我才確認自己對女子的情感除了純純的友誼，還有愛欲燃燒，然而年輕的我們熱烈地相戀，太快融入家庭關係，親情、愛情、經濟、人際，結成鋪天蓋地的網，將我團團包圍，時光無情流轉，支票期限逼人，滴答無休的鐘錶吞噬了我們的愛，對於將來幸福的期盼，成為「當下無法承受的重擔」。

年輕是強烈也是脆弱的，想像不到如何能夠穿過痛苦走到將來，野慣了的我受不了責任與束縛，找到辦法就要逃，而她咬牙苦撐。我兩度離家出走，她終於碎裂了世界，那段無助的時間裡，她與久未聯絡的姊妹恢復聯繫，也與當年怒轟她出門的老父復合，家人經濟工作責任糾纏啊，天涯海角也能讓我牽掛，我在外混蕩幾時，走投無路又回得家來。很快地，我也與她的家人相熟，每個週末，我們都到大姊家吃飯，她們陪老爸打麻將，我在一旁陪小孩玩，日子過得恍惚，時間依然不斷催趕。

幾個姊姊對我都好，我也對她們告白，她們眼中所見我倆姊妹情誼，其實是愛情，所以有爭吵，甚至分手，復合，這類的戲碼，我盼望透過這些告白，使她們理解C。過年過節，我總與她家人一起，我記得姊夫細心，秋天時總要麻豆文旦，要吃蟹，一家子都圓圓臉，連愛吃之物都相似，嗜吃海鮮，狂吃甜食，笑聲開朗，與我恰恰相反。年輕的我，不知自己愛吃什麼，年少的日子過得慌亂，飲食只是溫飽，我們家不吃年夜飯，家常菜也是青菜肉魚排骨湯，吃什麼東西都是自制的，好似過量飲食會導致罪疚。

吃螃蟹的日子，姊夫買來螃蟹，大姊負責操刀烹煮，清蒸，調味，米酒薑片必備，愛怎麼吃怎麼吃，加上幾瓶啤酒，租兩部片子，打開麻將桌，熱鬧的秋夜，彷彿可以天長地久。我分辨不了那些螃蟹，只知道有一種東西叫做蟹膏，蛋黃似地，要嘗到此物，得先把整隻螃蟹解體，C與姊姊們都是饕客，各有吃蟹的方法，總之可以吃得乾淨剔透，我對那種毛東西沒轍，喜歡的是那氣氛，三房兩廳的公寓，氣密窗封住的陽台，頂上晾著大人小孩衣服，陽台布置常有變化，有時姊姊興起養魚，一角就坐落了石頭鑿刻的大魚缸，孔雀魚善生養，沒多久就大缸小缸到處擺，有時姊姊迷上植栽，那麼紅花綠葉就少不了，陽台窗戶還得外掛，各式草花，觀景盆栽，熱熱鬧鬧開起來了，大姊熱情，二姊愛家，姊夫是大好人，兩個孩子活潑乖巧各有，老爸爸安靜，我生命中不曾體會過的，過量的「家」的歡鬧氣氛，都在這了。

冬天吃火鍋，秋天吃蟹，過年圍爐，四季不斷的，是假日麻將聲，家人談笑，那是家。一切是如此地溫暖。只要我願意守護，我就可以得到這些。

至今，我還是想不起蟹膏的滋味，那於我真不是美物，但我記得那我曾短暫參與過的家庭日，洗牌聲音，碰胡，自摸，談笑，秋蟹在秋天隨著淡淡酒香飄散，我總是在一旁看書，C會笑說：「別害我輸。」她的笑容是傷感而幸福的，彷彿她也知道我不屬於那個世界。

我望著她憂傷的微笑，深知自己將來必然還會使她傷心，這一切太簡單了，將來似乎已經寫就，但那不是我要的人生。我知道我將會離開父母，離開故鄉，離開C與她溫暖親切的家人，我會成為一個孤獨而無情的人，為什麼非得這樣呢？非得走進痛苦斷裂之中，非得放棄已經擁有的平靜與幸福？可那不是我應該待的地方，有一天，我會離開那日夜走響的鐘錶，投進空無與未知之中。

輯三

飄浪之女

賓士車與大麵羹

二十歲年華，長髮及腰，眼神如火，我總板著臉，彷彿誰都與我有仇，U一張俊臉，笑起來帶著桃花的細瞇眼睛，也是凶凶的，我們脾性相投，連穿著我也要學他模樣，腳上一雙白球鞋，高腰緊身牛仔褲，必要時，我甚至願意穿上他的舊毛衣，顯示我亦有瀟灑之處。

那個夏天，野狼機車來來去去，找旅館，找吃食，找朋友，晃蕩終日，一家一家店鋪逛過吃遍，他是吃不胖，永遠的二十四吋細腰，海軍陸戰隊退伍十年始終維持的好身材，我則是食量如鳥，人生有比飲食男女更重要的困擾，但那困擾始終無名無姓，只是盤繞不去。

與他一起時，我才胃口大開，不知是否也是模仿。摩托車一熄火，U走在前頭，穿街走巷，聞風而來，想必又是一攤好料，我也隨他去，豐原一窄巷裡的骨髓湯，攤子窄舊，店主老夫妻一雙，有座沒座人人一隻大骨咬著啃著，吸管插入骨中飲料似地吸，這攤子二十年啦，吃不膩，U說。我沒見過有人比他更不吃正餐的，對於吃他從不遷就，寧可長途跋涉，也不願將就一餐，但他吃的都是巷弄中的平民美食，只顧口味，不管用餐環境。

某日，早晨我們先到了台中後火車站附近的建國市場，俗稱賊仔市，專賣五金器械，整個街區都是窄仄店鋪，沒一樣物品與我有關，出入的都是男人。逛兩三小時，喝光兩杯羅式秋水茶，可能什麼也沒買，他屬意的二手的彭普涙灑價錢談不攏，「吃飯去。」他說。

離開賊仔市，直奔一旁的菜市場，中午時分，肉販菜攤陸續開始收攤，滿地都是濕，肉攤對面的滷肉飯，U能一口氣連吃兩大碗，剁得極碎的豬肉，滷汁是醬油黃滲透難以言喻的粉紅，必然要點一盤香肥滷大腸，油嫩筍絲，清爽粉腸湯。

我們大口扒飯時，腳下就有洗地的髒水流過，我總留心把腳抬高，免得水濕漫鞋，為了裝酷，我小心不讓他覺察我的怕髒舉動，但內心無法平衡「好吃」與「好髒」兩種衝突感覺。吃飽再上路，我想那日U定開上他的老爺車，興起可能一路開到鹿港吃蚵仔煎，到彰化吃羊肉爐，必要時，上一趟虎尾的酒家也不離奇，反正每一處都有他的朋友，都有他多年的美食地圖，我都好奇。

結果玉市場逛完，我們去了台中市英才路吃大麵羹，我從沒聽過這東西，到了現場更是吃驚，兩張大紅圓桌，路旁停滿轎車，辦桌似地，十幾個人圍一桌子，黃澄麵羹上飄著滿滿韭菜，油豆腐是必點的，桌上的玻璃裝辣椒醬是U的最愛，總要加到麵湯變紅了才罷休，我吃驚的是桌面來不及清理，老闆只顧著舀麵算錢，客人乖乖自己攤子前領麵，找個位置坐下，桌上還有空碗免洗筷，隨手推開去，於是圓桌中心是

台妹時光

一堆積如山的空碗，與橫七豎八的免洗筷，筷套隨風紛飛，但誰也不理會那些髒亂，寶貝似地顧著眼前那碗麵羹，管你身上穿著套裝或是西裝，管你騎腳踏車還是開賓士，只顧吃，吸了湯汁的麵羹軟軟，頭頂上是太陽，吹來熱風有油蔥香，只聽見此起彼落的「嘖嘖」聲，沒人抱怨。

但我心裡仍是好好吃與好髒啊的拉扯，我抬頭看U，即使滿嘴油膩依然好傻的模樣，年長的他從不知我內心的掙扎，我也不知自己掙扎個啥，「走吧！」他說，下一站會去哪？我不知道，但我就跟著他，一路走進了未知處。

公園邊熱炒

我記得那個公園，叫兒童公園，卻少見兒童出沒，距離我租的小套房走路幾分鐘就到，公園只有簡單的盪鞦韆溜滑梯，裡面有個展覽廳，時常舉辦兒童表演、民俗活動，我與U常到那兒約會，說是約會，也不過就是在附近網球場看他打一場球，公園散步，然後一起到附近的小麵攤吃東西。

那時節，特別窮，去哪都騎摩托車，一個人吃飯簡省，五十元便當，一碗陽春麵加滷蛋，甚至胡亂用電磁爐煮個五木拉麵加青菜，一整天就過了，大學剛畢業，工作怎麼找都不順利，我最喜歡有供餐的工作，如西餐廳，中餐廳，大鍋菜員工們打仗似地搶時間吃，剩下的還要打包回家。

U是無論怎麼窮都能找到便宜小吃，我亦懷疑他這麼窮怎麼能打網球？他說，大家知道他窮，都把開過的網球讓他撿回去，可以賣錢。

我們相差十二歲，一樣潦倒。

潦倒的日子裡亦可以戀愛，摩托車騎著到處去，我愛看他球場上飛奔，白色球衣藍色球褲，不是什麼名牌款式，在一群老師、銀行行員、公務員之中，他的潦落變成一種灑脫，他比誰都好看，我在場邊看書，風呼呼吹過，網球拍擊，彈跳，發球時U總會跳起身，吶喊著，休息時間他到場邊來，我就把冷水遞給他。裝在礦泉水瓶子裡的是到飲水機裝來的冷開水，一場球賽要喝兩大瓶。

能見面的日子不多，我們走進兒童公園，也不管是否有兒童在旁，躲在草叢裡親熱，或說著體己知心話，或各自抽著悶菸，彼時我們有好多心事，沒有一樁一件可以解決。

「吃飯去」，他像要振作起什麼似地抓起我的手，我們到了附近一個麵攤，是房屋間的空地，帆布鐵架搭起的攤位，門口一台爐，火總是旺的，攤位上擺有下水、豬肝、生豬肉。攤位主賣炒麵跟下水湯，切一點滷菜，老闆是個大個子，脖子上的毛巾永遠是濕的，非常寡言，幾個助手也不曾閒著，簡單的幾樣菜，卻總高朋滿座。

他們的炒麵是白麵，熱水先燙熟，爆香的材料一樣不少，配料也總是那麼些，肉絲，蔥段，甚至連紅蘿蔔都不放，靠的是調味，白麵的麵粉香配上鹹度剛好的醬油，沒放芡粉，卻自然有點稠，肉給得大方，可能拍打過，一點不澀口。

下水湯裡我喜歡吃的只有雞胗，切成花狀的小片雞胗，脆脆的，若有閒錢，可能燙一盤雞腸韭菜，就是大餐了。湯裡總會有韭菜，薑絲，似乎還有點鹹菜，這些都是U包辦的，有時我們倆只點一盤炒麵，吃不夠再來一盤，缺錢的日子，我們總是互相推讓，讓對方吃多些，湯當然永遠只叫一碗，五六朵雞胗漂浮在湯面像花瓣，愛惜著吃，遇上基數，必又是推讓一番。

很難得的時候，會點一瓶啤酒，當然是玻璃瓶裝的台灣啤酒，兩個寫有七喜汽水的小玻璃杯，帆布棚裡都是菸酒味、炒麵香，周遭男人女人喊叫似地談天，U很少大聲說話，他說話慢慢地，像永遠無須把句子說完，那時，我們總像是追逐著時間，卻又不需追逐什麼，那時我們相愛，互相理解，沒有人祝福，卻執意不放。

飯後我們又回到兒童公園，暗暗樹影下，耳鬢廝磨，頭上天空與月亮，鋪展奇異的圖案，時間似乎永遠走不完，又一下子就用光了。

失落的肉羹麵

明知對胃不好，但我偏愛各種羹湯，尤其香菇肉羹可以列為十大難以抗拒的食物之一，大街邊小巷裡，市場旁，騎樓下，總會有這麼個賣「肉羹麵」的小攤子，我喜歡的攤子往往單純，甚至只賣肉羹與羹麵。一個大鐵鍋裡熬煮著濃濃的湯汁，竹筍切成細絲，香菇切小丁，蒜頭剁末，總會有人負責不斷攪動那鍋湯，另一人煮麵，所謂肉羹各家作法不同，有的光是赤肉，有的肉裹薄粉，有的是肉末加上魚漿製成，形狀不一，大小各異，甚至也有清羹湯，完全不勾芡，也有只帶上薄薄一點芡粉，湯汁是清澈的，有人把竹筍換成蘿蔔，也有兩種都加的，有些則加上木耳絲，紅蘿蔔絲，我還曾見過有人加上蛋酥的呢。常見的作法湯汁成淡褐色，是加了醬油的，盛碗時還要加上黑醋、香菜，有人喜歡吃黃油麵，有的要加冬粉，也有人偏愛米粉，但真要講究口感，還是一小磁碗裡滿滿都是羹湯，大塊的肉羹豪邁地漂浮其上，西哩呼嚕吃了一碗不夠，再吃一晚又太飽，這種境界是最好。

國小時期，父母不知忙到哪去，三年級之後全天班沒帶便當，午休三十分鐘外食，吃的都是麵攤。陽春麵、陽春麵加蛋、乾油麵、湯油麵加蛋，二十元解決。只有很特殊的日子，我會讓自己點一碗肉羹麵，已經記不得是真有那麼窮，還是遺傳了父親的節省，或者把午餐錢留下來買零食買玩具討好同學。總之，陽春麵與肉羹麵差價是一倍，我每每望著旁人的碗裡發饞，大約是那時就種下對此物的貪愛。

學校後門五十公尺外的店家騎樓下，塑膠棚子搭出了兩麵攤，房東是同一人，因為有兩攤互相競爭，即使攤攤客滿，攤位上也瀰漫緊繃氣息，奇怪吃個麵也分黨派，吃甲家的絕對不會去吃乙家，可能是口味不同吧，但那氣氛也讓人覺得非選邊不可。我選中的，是離學校校遠的乙家麵攤，約莫是被同學拉著去就入了夥，甲家口味如何我就不可得知了。攤位上總是一臉愁苦的老闆娘掌廚，如今想來那味精真是毫不吝嗇地一勺一勺撇進碗裡，專賣學生的小攤子，除了滷蛋，不記得還有什麼滷菜，攤位上總是髒兮兮的，瀰漫一股老闆娘心情不好的氣氛。那肉羹簡直小得看不見吶，所有配料都切成盡可能地小，唯獨麵條倒是加得滿滿的，香菜也常見都是梗，奇怪，卻是今天吃了明天還想再吃的味道，當然，總也是因為規定自己頂多一星期吃一回，永遠不得饜足。

離開村莊多年，二十歲的我又搬回那個村莊，但我再也不上街了，街上的冰店、雜貨店、麵攤、文具行，藏有我羞恥的記憶，可我總是對U說起這個攤子，一日他特別開車帶我回去吃，攤位竟然還在，午休時間，也還是那麼多學生，老闆娘蒼老疲憊，不知認出我了沒有，我意外發現那磁碗好小，羹湯好清，碗盤好髒，是一碗無論如何都稱不上美味的羹麵，我們倆無語地吃完麵，他問我：「要去學校看看嗎？」我肯定地搖頭，像撞見了年少時暗戀不成，多年後重逢卻發現竟然如此平凡令人失望的對象，我倉皇懊惱地上了車。

深夜串燒

通常是這樣的夜晚，白日勞動工作疲憊，夜裡寫作困乏，小套房裡孤寂，偌大城市裡一個說話的人也沒有，二十四歲的我，還不是作家，寫著無人閱讀的小說，有一個愛人，但時常不在身旁，與家人淡漠，朋友疏遠，像要抵抗全世界似地，執意過著某種我以為才是生活的生活。身上通常沒有多餘的錢，衣裳也老是那幾套，有一台俗到爆的「火鳳凰」中古機車，深夜裡，睡不著，我就穿上最好看的一套衣褲，抹上唯一的紅豔唇膏，跨上我的火鳳凰，穿越大半個台中市，尋找一家酒吧。

那是一家以賣串燒聞名的店，店內除了吧台，還有四張四人座，狹長的小店，去的人都是中年人，或三兩成群，或一人獨行，總是會點上一大盤串燒，啤酒一瓶再一瓶，有一台卡拉ＯＫ點唱機。生意雖好，老闆的臉上卻總是面無表情，也少與客人交談，我不坐吧台，一個人占四人座，吃一串豬肉，一串牛肉，啤酒一瓶從來也喝不完。

說是酒吧也嫌陽春的店，是年輕的我像夢遊一般才會有的夜生活，偶爾有人與我攀談，但或許是店內氣氛，這樣的攀談也沒有搭訕氣息，我常聽見其他客人小聲地交談，多是些不如意的倒楣事，豬肉片裡包的蔥段我不敢吃，總是小心地剝出來，更小心地用紙巾包好放進背包裡，那時我抽菸，其他人也抽菸，我從未唱過一首歌，倒是聽過許多酒後或悲傷失序的胡亂歌聲。

有時會點烤雞腿，大約是發薪水日子吧，去骨雞腿肉切得小小塊，醬汁刷得不多，但油嫩馨香，非常美味，那樣的日子裡，連客人看來也特別親切了，有幾位女性嘀咕著各自的感情事，有兩個男人興奮地談論著事業，老闆馬尾梳高，交代著新來的服務生店內事物，有人傳來紙條說要請我喝酒，是一個長得像業務員的男子，那還是搭訕會用紙條的年代啊，我沒有拒絕，也沒有答應，他就到我這桌坐下，真的是在當房屋仲介的男子，說自己二十八歲，他問我名字，我隨口就說，「小鳳」。

我想起自己艱難的戀愛，U說他曾在一個女校前擺攤賣串燒，年輕的他，想必吸引許多少女吧，我當然沒吃過他的串燒，正如他也不知道我的夜間出遊，我正在學習浪蕩，但怎麼也不成模樣，業務員男子還要邀我去其他酒吧，說可以跳舞，更加熱鬧好玩，我想像他腦中所想，接下來可能會帶我回家，或者隨著我回去我那個寒酸的小套房，又或者，男子也如我一樣，會獨自回到自己的住處，在房東提供，有著霉味的老舊彈簧床上，納悶想著自己的人生，青春時光為何如此空無，令人著慌，我把剩下的雞腿肉吃光，男人還要買酒給我喝，我說，「我想吃烤牛肉」，U曾對我說過烤肉祕訣，醬汁裡會放上一點糖，但這份牛肉只抹鹽，擠上一點檸檬，肉質鮮嫩，昂貴像別人的青春。

深夜裡我仍舊騎著火鳳凰噗噗噗穿過熟悉的街頭，有些霓虹燈暗下來了，有些還亮著。

美酒加咖啡

曾經有段日子豐原流行一種會在第四台某頻道現場直播客人演唱畫面的ＫＴＶ，大約是受到電視歌唱比賽當紅的影響，人人都想當歌星。當時王壹珊與孫淑媚爭奪冠軍，我回老家住，在夜市工作的父母總要我記得把錄影帶放進機器裡錄節目，回家後我們一起看錄影，我二十四歲，正在寫小說，還沒有任何作品發表的慘澹日子。

即使在鄉下小村莊裡窩居，我亦能興風作浪，惹出許多感情糾紛，使得父母擔憂，自己惶惑，狂灑年輕的罪。那時，我曾與母親與我的戀人Ｕ一起去那家直播餐廳唱歌。

如今想來真怪異，佇立於鎮郊之際，隱身於巷弄間，外觀簡直像是酒店的俗麗場所，當時生意興隆，上門的客人幾乎都刻意裝扮過了，除了時興的卡拉人人ＯＫ的氣氛，頗符合「成名五分鐘」的愛秀心態，與一般有外場的ＫＴＶ相似，

台妹時光

此間也有包廂，外場附有舞台，台下是類似西餐廳的座位區，服務生一律白襯衫黑背心打個小領結，端著銀亮托盤穿梭於各張桌台之間，價格在小地方算是貴的，門票就要五百，記得食物滿好，可以點炒菜吃，主要是每個人就那麼一次上台機會，等待的時間長，大家就閒聊起來，當是去餐廳吃飯，席上吃吃喝喝，批評一下時事，給台上的人打分講評，女性免不了緊張地到廁所補妝，說不定也偷練一下等會要唱的歌，要是Key沒調好就糗了，不放心地還要去DJ室反覆交代一下。男性也有他們紓解緊張的方式，「我去買包菸」，櫃檯買包菸，順道溜到廁所照個鏡子，無妝可補，手指當梳抓幾下頭髮也好，沒人時也不妨清清嗓子，哼上兩句，回到座位，再灌上一杯台啤，不喝難開嗓啊。

是那樣的氣氛裡，母親與U是老朋友了，他們都是好歌喉，見識過江湖的大器，母親那日打扮特別美麗，U是平時就愛美，隨時都一樣。他們對於上台表演是否特別緊張或興奮，我看不出來，因那時他們有關於我的更深的煩惱。母親在慣喝的熱咖啡裡，倒入了半杯白蘭地。

我們吃了什麼沒特殊印象，歌曲倒是記得，母親點的必然是西卿〈苦海女神龍〉，U定然要來上一首文夏的〈戀歌〉，或者〈你是我的生命〉，我呢？那時我都唱江蕙，剛學了一首〈感情線〉，正符合我紊亂的心情。

漫長的等待時間裡，我身上的洋裝太過緊身，一坐下來裙身就往上縮，想必模樣是俗豔而超齡，我的心思亦是超齡，我談著混亂的戀愛，沒記錯的話，當時母親正在寬慰傷心的U，U也好像正在安慰著煩惱的母親，我有種置身事外的恍惚，焦躁地在大廳走來走去，舞台的客人一個一個像小學生上台似地，等著叫到他們的桌號，等著聲音做作的主持人簡短兩句話訪問，然後緊繃地握起麥克風，一開口就知道不妙，還是堅持地唱完，敬禮下台。其實那所謂的現場直播，鏡頭拉得極遠，收音效果也不好，我看過錄影，簡直分不清楚誰是誰，但出醜的感覺一點也沒少。我忘了我為何去到那兒，我只記得當母親與U在等待與寬慰彼此的時刻，我走進公用電話間，投下硬幣，打了一通電話給L。「怎麼了？」他說，我說：「不要再打電話去我家。」他狠狠說了聲：「都隨你。」掛上電話走回座位時，輪到我上場了。

金瓜炒米粉

二十三歲輾轉在台中小城裡四處碰壁找工作的日子，曾短暫在一家藝品店工作，市中心熱鬧街道邊，鐵皮屋搭蓋成二樓建築，樓上樓下滿滿都是鐘乳石。

我當然是圖個顧店輕鬆可以邊寫作，生意非常冷清的店，只有鐘乳石像沉默的女人林立，一早到店裡，解除保全，燒開水，老闆最要求兩件事，第一要把布滿坑洞，表皮粗糙的這些怪石都拂去粉塵，第二就是鎮店的檜木桌上一整套茶具，隨時都要在「泡茶中」的狀態。我包裡往往帶著筆記本與書，胡亂做完清潔工作，就泡茶，老闆通常下午一點才會來，我得從九點待到晚班六點來接手，客人不用說當然是非常少，來的多是老闆的酒肉朋友。

有一日大雨，有個客人不知是來躲雨，或者真喜歡鐘乳石，瘦高個子，小而短的臉，蓄著個性短鬚，一身黑的衣著，算是型男吧，他在店裡逗留許久，買了一個石雕菸灰缸，他說自己的店在附近，專收玫瑰石，改日可以帶我去參觀。短鬚男人又來了幾次，便約我去吃飯。

那是我生平第一次搭上積架的車子，沒有將要約會的興奮，倒是好奇居多，且當時窮困潦倒，他提起的店名「金瓜餐廳」是我騎車常經過的地方，歐風童話般的建築，在當時的台中算是相當有特色的餐廳。他熟練地點了許多菜，很像是面試工作，男人總是問我各種事，我一一回答。我甚至跟他說了U的事，說我們時常到處晃蕩，U最喜歡積架的車，所以我能認得。彼時年輕，總吸引奇怪的男人，他興味盎然聽我說著自己坎坷的戀愛，不如意的工作，見我食量特大，問我是否「總沒吃飽」，特色菜餐廳當然有些怪菜，許多以金瓜入味，我到那時才知道金瓜就是南瓜啊，記得聊到店裡老闆總抱怨我業績很差，晚班是個漂亮醫科女大學生，打工純粹為了消遣，幾乎每夜都買東西給大家吃，服務生端上一個大南瓜，連蒂的蓋子拿掉，裡面是滿滿的金瓜米粉。

我沒吃過這樣的米粉，吸收了香甜的金瓜湯汁，細絲的瘦肉爆香，大蔥段，漂亮金鉤蝦，可能還炒了些什麼配料，特別爽口。記得在鄉下都是在田邊吃炒米粉，當作點心，阿嬤總是炒得一大鍋油油香香，裡面肉末與金鉤蝦屈指可數。

我感覺自己就像鄉下餐桌上看不見配料的炒米粉，而晚班女孩就是餐廳裡的金瓜米粉，她的大方顯得我寒酸，她的活潑顯得我彆扭，我是為了生活去打工，而人家是去交朋友，她待我也好，但有她在的日子我生活難過，因為老闆看我更不順眼。

我拉雜說著這些，簡直把短鬚男人當作心理醫生，但我一點沒有喜歡他。男人似乎頗動容，說，下週我們去吃西餐。送我回家的路上，他似乎想握我的手，又假裝若無其事地把手放回方向盤。我們就此道別。

見面時我跟U說了金瓜米粉與短鬚男人的事，他沒吃醋，卻帶了我去一家鄉下小店吃了炒米粉，老舊磁盤裡裝著最簡單的米粉，瘦肉芹菜大蔥小小金鉤蝦，都只是點綴，卻吃得淚光閃閃，「我想辭職。」我對U說，他說：「你想怎樣都可以。」「讓自己開心點」。

如果他壞一點，我可以離開他，如果他更好一點，應該帶我遠走高飛，然而他是個不夠好又不夠壞的人，我倔強的眼睛裡看見的是白日也黑暗如深淵，沒有未來的未來。

台妹時光

煎蛋三明治

北屯區小套房時光，大學剛畢業，沒一份像樣的工作，總是在翻報紙的求職欄，老是騎著摩托車在面試，小套房在舊大樓裡，是我自己找到的，那時兩人總處在該分手未能分手，說好散了吧卻又忍不住見面的曖昧期，前途一片茫然，我賭氣地自己搭公車，走路，尋著以往我們常出沒的北屯區，找到這個看來險中之險的危樓套房，好像是故意要讓事後得知的U為我擔憂，氣惱，猶如要讓這個不像樣的小套房，說明我內心的悲屈。

搖搖晃晃的電梯，鏡子裡貼滿各種色情、搬家、徵信社小廣告，布告欄上什麼公告也沒有，只有幾個髒話的塗鴉。樓梯間更可怕，電燈總是故障的，每家戶的鞋櫃腳踏車都把出口堵住，我住的三樓，另外兩戶總是大門深鎖，從不見有人出入。

推開鐵門，整個套房就映入眼中，二十五年以上的建築，一進門處有個貼磁磚的流理檯，屋內狹長，絕不超過五坪大，唯一的對外窗，是面向中庭，十幾樓高的天井，照入的陽光已經偏斜得只剩幾分，我用一條舊床單當作窗簾，房東附的彈簧床有一個突起，所謂衣櫥是牆壁一個內凹處掛根木桿，浴室算大，浴缸也是貼磁磚，抽水馬桶總有怪聲。

我自毀自傷地認定自己將要獨居在此，不知何時能找到工作，買回泡麵六包、五木拉麵兩盒，茄汁鯖魚五罐，還有我喜歡吃的雞蛋一打，單門小冰箱裡連飲料也沒有，寒酸的屋內，有父親給我的小電視與全套視聽設備，有我自高中以來存錢買下的上千本書籍，和幾百張CD唱片，書桌是從小用到大的地圖牌，大學時代就把腿腳鋸短，席地而坐，西華鋼筆是U送我的畢業禮物，天鵝牌的稿子也是他四處為我張羅來的，最合適這隻鋼筆的紙質，把這些都擺設好，我就想他了，中斷聯繫熬不過一週。

大學中文系畢業，這張學歷意味著除了文學沒有其他專長，而文學我亦不專精，我的第一份工作是文書處理，為此我還買了一套看似「文雅」的上班族套裝，上班第三天，還沒弄懂該處理什麼文書，一直在上各種「精神再造」的課程，授課老師台上手舞足蹈，標語口號一套一套，同事們個個猛抄筆記，下了班我總算從主管口中得知，文書處理是假，實際上是直銷公司，第四天開始跑業務，我沒再進去公司。那天下午，我打公用電話給U，「都是騙子」倔強的我想哭卻未能哭泣，「掛羊頭賣狗肉」，我也學那老師罵人一套又一套，「為什麼不明說，害我浪費了三天時間」，U長我十多歲，頗有「明知山有虎，但你得自己去經歷」的意味，只問說：「你搬到哪去了？」問清楚地址，晚飯後就過來了。

他沒針對套房的簡陋與大樓的危險做任何評論，卻帶我去逛附近的市場、超市、錄影帶店、燒餅油條店、郵局、警局、公園，兩人像是要熟悉環境似地，把各處逛了一圈，最後買回了牛奶與土司，他曾送我一個插電式的烤爐，附有一個燒水壺與一個鐵烤盤，我一般只拿來燒開水，那晚他用小鐵盤先烤了土司，用筷子煎雞蛋，兩片白土司夾上煎得外焦內軟的荷包蛋，牛奶闊氣地喝上一大杯，就是我們的晚餐，「你明天早餐就可以吃這個，當宵夜也很好。」他說，我們席地而坐，把一切都攤在書桌上，有他在的時候，簡陋的屋子突然發亮了，他說：「明天我們來煮火鍋。」好像真有明天，好似我們還有用不完的將來。

水蛙兄與羊肉爐

每次見面都在晃蕩，那些與U一起的時光，我本不知人可以活得這樣瀟灑，亦不知人生還有萬般無奈，放蕩與束縛都集中在他身上，所以那些最自由的日子，也成為我們沉重的負擔。

一輛鐵灰色裕隆老車到處跑，車上總放著睡袋與毛毯，雖則不曾在車裡過夜，偶爾卻睡在廉價的旅館裡，他總有許多與朋友合作的計畫，都是些天馬行空，無中生有的事情，過慣了有今日沒明日的生活，走北闖南，突然冒出什麼多年不見的朋友嚷著要合作什麼，我都不以為奇。

水蛙兄是時常聽他提起的，海軍陸戰隊同袍，我以為人人都像U這樣，退伍十多年還保持著「果然是海陸的」那種健美身材，我們似乎是車子開在台中市區，突然就上了高速公路，在彰化溪湖下交流道，我都不知他何時與水蛙有約，到現場時就是一家羊肉爐了。水蛙人如其名，個頭矮胖，頂著個中年啤酒肚，頭頂稀疏，卻蓄著美鬚，汗衫西裝褲藍白拖鞋，穿著十分隨性，席上有幾個中年人，小店靠著路邊，大圓木桌鐵板凳，一桌一桌蔓延到屋簷下，塑膠碗免洗筷，非常簡陋，蛙兄說這家是現宰的土羊肉，他兄弟有股份，小店貌不驚人，卻總是滿座，大家不怎麼寒暄，倒是大口吃肉，桌上擺著玻璃大罐子裝的豆腐乳，特製的辣椒醬，羊肉切薄片，麻油米酒加上中藥湯頭，瓦斯爐燒的熱鍋，豆皮，茼蒿，高麗菜，現燙現吃，吃得人熱心熱眼的。那天沒談成什麼合作方案，雖然總有人不時冒出幾句要到越南開成衣廠的計畫。

水蛙兄的傳奇在於他的好歌喉，吃飽了羊肉自然要去唱KTV，我們一車，他們一車，直奔西螺某處粉味KTV，說是粉味，卻都是些阿姨級的公關，我都比坐檯小姐年輕許多，包廂裡有我，男人們似乎都放不開來，水蛙兄果然歌聲豪邁，令人刮目相看，U說他當兵時就是五短身材，跑跳游泳都差，就是一張嘴能說會唱死混過關，但他愛喝酒，老闖禍。我還沉醉於水蛙的歌聲，他卻不知何時悄悄借了U的車，說要去接一個女朋友，這一去久久不回，兩小時後修車廠打來說水蛙兄一腳把離合器踩死另一腳還硬催油門，車子掛點拋錨，要我們隔天提錢去還車。

那一頓羊肉爐加粉味不知花費水蛙兄多少錢，我與U卻生生花了八千才把車贖回，夜裡還得在小旅館過夜。無緣故花費那麼多錢，卻也平白得來一夜相聚，我都不知該喜或悲，照例地還是不動聲色，任由命運飄蕩，U喝醉了，似乎也有難言的委屈，只能苦笑說：「水蛙這人就是不負責任」，然後攬著我哼起歌來，是下午水蛙與我對唱的那首，陳盈潔與沈文程的〈雲中月〉，「你不該跟我這樣的人在一起」他似乎嘀咕著這句，我照例地裝作沒聽見，把眼睛閉上，聽著遠處好像蟲鳴似的，某種聲音，飄飄蕩蕩，隱隱約約。

台妹時光

阿飛排骨飯

二十歲與U戀愛，愛得驚天動地，愛得筋疲力竭，但不到五年終究分離，不是漸漸走散，是我毅然離開，那斷裂的方式像是把自己投入了另一個人生，不許回頭。我不知U在哪，他亦不知我行蹤，我們的戀情一開始就離經叛道，糾纏多年沒有出路、難分難離、難以割捨、難以抉擇的關係，有一個人必須絕情，當然是我。

我本以為離開U就可以過著不受人拘束的日子，能追求屬於自己的愛情，但生命終究難以預料，一開始美好的愛，也難免被現實崩壞，那時我已近三十，四年時間過去，我是在別人的電話簿看見他的電話號碼，走投無路的狀態下打電話給他，一九九九年夏天傍晚，我們從黃昏談話到深夜，途中遇到了全台大停電，四周漆黑，戶外許多人們謠傳著「打仗了」，人心紛亂，我卻坐定床邊地板，抱緊電話筒，不斷與他說話。似乎要將分別後幾年發生的事一古腦全說清楚，在暗黑中繼續與他說話，彷彿就算世界末日也無法阻止我們繼續核對著記憶，把空缺的時間補齊。多年過去，我仍沒有學會如何不陷入糾葛難斷的愛情，或者該說，我的生活越來越混亂，逃避痛苦的結果是墮入一個又一個更深的深淵。

「明天我們見個面吧。」他問。我說好。

我們約在還未開始營業的夜市入口，寬敞的空地邊，廣場風大，塵土飛揚，停在我眼前的是一輛紅色的軟頂吉普車，模樣就是我們戀愛時他無數次對我描述過想要的，風塵裡的他向我走來，已經從浪子頭蓄成了他一直想要的瀟灑長髮，用髮帶束成馬尾，一身寬大民族風衣褲，我蓄著齊肩長髮，從快步變成緩行，抗拒著前進，幾年不見，體內似乎還殘留對他的舊情，然而眼前他的模樣刺痛著我，好像分別後的他已經過著想要的生活，而我卻剛從一個自己製造出的噩夢裡逃離。

吉普車坐起來並不舒適，遇上顛簸的路段，全身骨頭都震痛了，看來灑脫的他，也在一段坎坷的愛情裡受苦，前一晚黑暗中的談話，我們已經核對過當初分手的原因，誤解也好，灰心也罷，總之是我不願繼續複雜無望的關係，而他只得接受。即使經過時間侵蝕，他對我仍有不解的埋怨，但那些埋怨淡得幾乎像是撒嬌，因為痛苦已經過去很久，我們只是調侃彼此仍為情所苦：「這麼多年還是沒有改好。」

照例地開著車兜轉，到處吃喝，我記起從前那段既灑脫又壓抑的日子，每一次見面都很艱難，於是特別要自由，好像不容許其他束縛在身上，我們做任何事都沒有計畫，說走就走，說停就停，只要天一黑，夜越深，越靠近他要回家的時間，我們就越是瘋狂。但即使徹夜不眠，最終他還是要回家的，妻小等著他。

那日我們在市區晃到傍晚，他帶我去台中市區吃一家老牌排骨飯，拍打得很薄的大片排骨肉裹上麵粉酥炸，與一般傳統排骨飯不同，因為肉片本身的薄脆，炸過之後外酥內軟，吃起來是帶有肉汁的酥脆，口感特別，時光彷彿特別在這裡留住，屋內陳設未改，連老闆娘的模樣都如舊日，店裡的人跟他都熟。

記得年輕時他帶我來吃，曾說起一個笑話，他說一次全家人來吃，小兒子的排骨始終沒動，等用餐完畢，他一筷子夾起小兒子盤裡的排骨咬下，兒子就哭了，他問說：「我以為你不喜歡吃」，兒子說：「因為喜歡特別留到最後才要慢慢吃的」，疏於照顧家庭的他，對孩子的喜好也生疏。那個笑話對我並不好笑，說完之後，他也感覺到我的難受，那景象就是我們戀情的寫照，充滿太多不定時地雷，可悲的是，我們既要假裝忽視那些地雷，卻又不免時常炸傷。

再見面時他說起孩子都當兵了，我吶吶無言，想不出他們已成年的樣子，回程途中，還是那些熟悉的地方，我們的愛好像還留在空中，只是已被時空凍結，像是愛，又像是夢，只有排骨的鹹酥香味還留在口中，我想最後我會記住的，不是那些纏綿的愛戀，而會是一家又一家，他帶我去吃過的攤子、小吃店，那些我們晃蕩過的公園、市場、溪河、山巒、海邊，因為我們的愛已經昇華成一種無以名之的情感，我們將之存放心中，不再輕易碰觸。

輯四 花街舊事

一寶與烤魷魚

我們一家在豐原小鎮橫街賣衣服討生活的年歲，從我小學六年級開始，到大一升大二的暑假結束。七年時光裡，先是在路邊電線桿下父親把木板架在三輪車鐵架上當流動攤販，後來租下房東車庫前空地，成為要付租金的攤販，我讀中學時房東把車庫稍微整修，父親與隔壁賣皮鞋大叔哈庫賴分租店面，算是半個老闆了。那時鐵皮屋低矮，生意興隆，我們還住鄉下，夜裡收攤後，哈庫賴的兒子一寶顧店。

我不懂為何大家都喊皮鞋攤的老闆哈庫賴，但街邊上到處都是哈庫賴的身影與大嗓門，誰誰誰都是他的朋友。當時的復興路相對於「廟東夜市」而被稱「橫街仔」，廟東賣吃食，橫街賣貨品，街上有好多皮鞋攤販或鞋店，但誰也沒有哈庫賴的戲劇性，不長不短一條街，時常擠得水洩不通，無論人多人少，哈庫賴因個頭高大總是顯眼，他人面廣，交遊闊，我沉默的父親似乎是因交上他這朋友能在那條街上吃得開，父親很重視他。

哈庫賴賣廉價皮鞋，與我們分租店面，狹窄店面前方做生意，後頭還隔出左右兩小間房，所謂房間也不過就是一張單人床大小，牆上釘一長板子，牆面上有一排掛勾，中間是走道，我們這邊是三小孩就著長板子當書桌，做功課，哈庫賴那邊擺張席子掛上蚊帳，夜裡他與兩兒子輪流睡店裡。哈庫賴是道地台灣人，但喜歡講日語，長相不壞，就是好色，時常看見漂亮小姐都要來個摸臀襲胸，白日他老婆顧店時，他會到附近黑街尋芳。哈庫賴另一個惡習是喝酒，這些都與我無關，我只管看住弟妹做功課。

小隔間裡晚上都是人，隔著窄窄走道面面相覷，哈庫賴的大兒子一寶高中畢業，二寶高職留校察看，一寶的女朋友阿藍護校下課偶爾會過來，二寶的女朋友阿嬌幾乎天天來，二寶跟阿嬌老是躲在廁所裡，吸強力膠，所有人都知道，因為他倆瘦得皮包骨，走路幾乎都在飄。一寶是老實人，但偶爾也會跟阿藍在蚊帳裡躲著親熱，二寶倒是大方，當眾也跟阿嬌接吻。

我只是個國中生，他們對我而言都是神祕的。阿藍沒過來的日子裡，一寶總是在練伏地挺身，他臉孔俊秀，身材五短，據說是練舉重導致，有時一寶會幫我們買晚餐，哈庫賴喝醉酒，一寶也會把他扛到後頭來，我心中的一寶是大好人，誰也不像他那麼孝順，那麼癡情，那麼顧家，他對誰都是笑瞇瞇的，父親母親吩咐的事情總是照辦，我們爸媽忙，他連我們都照顧到。我每次下課回家，總看見一寶拿著雞毛撢子跟抹布，勤快地打理攤子那些一雙一百五的皮鞋，他的襯衫永遠潔淨，唇紅齒白，連我都想過去買雙皮鞋。哈庫賴喝醉酒就會指天罵地，打老婆揍小孩，一寶那麼大人了，父親捶他，他都不回手，我常問阿藍姊姊何時要跟一寶結婚，阿藍一臉神氣說：「還不一定勒！」店裡沒冷氣，天花板上電風吊扇呼呼吹，有時一寶會把襯衫脫下，穿著短褲背心，腳放床板，兩手放地，又練起伏地挺身，興致來了，他會要我弟弟坐他背上，有次竟叫我也去坐，我把腿擱地上想減輕他的重量，呼地一下，他把我舉起來，我臉紅了。

有一陣子阿藍很少出現，後來哈庫賴說，他們分手了。一寶依然練舉重，哈庫賴打他時，他會還擊了，除此之外他沒啥改變，但我撞見他在廁所抽菸，問他怎回事，他笑笑說：「練舉重沒前途」。一寶還是好孩子，但似乎準備在皮鞋店單身到老，有一日他問我要不要去看電影，媽媽說行，我就去了。影院門口有家烤魷魚，總是大排長龍，刷上辣椒醬料，老遠就能聞見那股特別腥香，我早就想吃了，一寶買了兩人份，爽快遞給我一隻，演的是搞笑片，影院人不多，有時哈哈笑幾聲，繼續啃著焦脆香的魷魚，我愛吃魷魚腳，一寶就跟我換。影片突然中斷，「糟糕，有插片，你快把眼睛閉起來」他慌亂地說，我只好閉上眼，還聽得到夾雜外語的哼哼唧唧，一寶不放心，橫過身來用手擋住我的眼睛，他身上有一股汗味，聞來跟烤魷魚頗相像，偷偷睜眼，從他指縫裡看見螢幕上似有白黃人影晃動，「別偷看！」他笑說，我突然咬了他的手指，從小腹湧上一股說不出的熱浪。

台妹時光

冰宮與炸雞

哈庫賴年輕時頗風流，他老婆年輕是個美人，於是三個孩子都長得好看，大姊美寶與母親一個模樣，白臉矮身五官深刻，一臉正經，白天上課晚上顧店，街上有些男孩在追，但她似乎無心嫁人。大哥一寶，是個老實帥哥，滿心只有舉重跟顧店，小弟二寶，漂丿美少年，嬌寵的么子，長大以闖禍為業。二寶的女友阿嬌長得嬌俏，二寶與阿嬌吸強力膠，偷東西，飆車，一天到晚被記過轉學，轉到最後那家學校，是當年有名的流氓中學，有錢就進得去，進去之後肯定變得更壞，據說只要按時繳學費，沒被抓去坐牢，就可以混到高職畢業。

二寶濃眉大眼，阿嬌巴掌臉蛋眼睛水靈靈，吸了強力膠之後神情恍惚，有種迷媚的氣息，我是剛青春期長胖卻不長高，臉上青春痘開始冒，懂得分辨美醜，開始懂得暗戀，二寶時常挨打，一挨打就幾天幾夜不回家，阿嬌會到店裡來等他，那些無聊的等待時間，阿嬌就帶我去逛廟東夜市。
她的頭髮是教官最不許的削薄打層次，劉海刺刺鬚鬚，制服都訂做，緊身短翹，走路時把下巴抬得高高地，一臉看誰都不爽的樣子，我們穿過廟東夜市，直達中段一家遊樂場地下室的冰宮，阿嬌擅滑冰，我只負責幫她顧書包，她在場子上真漂亮，即使身體已經被強力膠吸乾成空殼，仍有種倨傲的、野性的美，滑冰時她如天鵝，簡陋的冰宮裡，滿滿都是想要叛逆的青年男女，許多人會對她吹口哨，她只是自顧自地兜轉圈，時間沒到就離場，「我們去吃炸雞」，她說，書包袋子拉得好長，方便她往後一甩。
那時還沒有麥當勞，那家台版美式鄉村風格的炸雞店已經非常時髦，店裡四周都貼上鏡子，木頭桌木頭椅，桌上藤籃放著刀叉，印有店名的紙巾立在壓克力方盒裡，塑膠圓筒裡擺滿吸管，服務生來問你A餐還是B餐，就是漢堡炸雞薯條可

台妹時光

樂餐包的各種搭配，點套餐通常比單點划算，但阿嬌總是隨口說A說B吃不完就扔下，從不懂得儉省。

常會有男人過來幫我們買單，或再買點什麼請客，那些像蒼蠅嗅到肉的青春期男孩、無聊中年人，都被阿嬌的美貌與野性吸引，她有時與人打情罵俏，有時對人髒話連篇，有時，她看都不看旁人一眼，只是專注撕扯著桌上的餐墊紙，變魔術似地摺出小青蛙，「給你」她往青蛙的背上按，紙青蛙就往我這邊跳。

那是我人生裡初次見識到的女性魅力，而我還不知那意味著什麼，我是個好學生，乖孩子，每日與聯考搏鬥，還要幫爸媽顧店，美貌與愛情都是與我無關的事，甚至不是愛情，只是玩樂這樣簡單的心情，二寶與阿嬌那種我倆沒有明天的活法，使我目不轉睛，又愛又怕。我常望著阿嬌眼裡的空洞，那雙眼睛彷彿深井，可以將一切埋葬。

吃飽喝足，阿嬌領著我穿越擁擠的夜市街，像穿過一條魔幻的隧道，回到家，二寶出現了，他們倆又像鬼魅一樣消失不見。

台妹時光

撒哈拉大腸麵線

經過幾年打拚，父親在豐原鎮上的攤位終於從簡陋的鐵皮屋，改建成高大寬敞的店鋪，房租也因此漲了兩倍，多年來與我們共患難、從車庫前一起擺攤、後來一起租下車庫當店面，變成真正開店了的夥伴，賣皮鞋哈庫賴一家人，開店後一年不到，因皮鞋生意不好，父親轉介他去沙鹿的鹿寮服裝批發市場批貨，改賣童裝，這一跨行，連心態都跨了，過不久他跟父親說要賣女裝，再不久，就批來跟我們一樣的衣服，在同一個店面裡與我們打擂台，兩家終於翻臉拆夥，請來木匠將店一分為二，寬敞的店鋪變成狹長的小店，我們兩家不再往來，我們自家店鋪也正式掛上招牌。那年我國三。

我們店面所在是豐原最熱鬧的夜市區，廟東夜市賣吃食，我們這幾條所謂的「橫街」賣服飾百貨，從復興路綿延到附近幾條街巷，滿滿都是服裝店皮鞋店，店面雖然縮小，生意卻一點不減，或許因為擁擠，客人更想擠進來。店鋪籌備期間，我沒見過父母那麼快樂，裝潢，備貨，幫店鋪取名號（我們終於不再是攤販了），連我們幾個小孩都加入討論，但計畫歸計畫，一日父親臭臉從房東那兒回來，說名字房東已經取好了，房東這條街上有三家店，繼承的是龍字，房東的委託行叫做「裕龍」，與我們交好的對面男裝店叫做「福龍」，我們是「銘龍」，百般無奈也只能接受。

橫街上的店鋪，我最喜歡的是在十字路口三角窗那家「撒哈拉」，名字很酷，賣的又都是時髦的少淑女服裝，店老闆以前是混混，老闆娘是酒店小姐出身，店裡常有很勁爆的衣服，露胸露乳，披披掛掛，洞洞裝、超級迷你裙、長統靴、耳環項鍊，連彩色絲襪都有賣。每日只見老闆一臉狠樣，穿著花襯衫，喇叭褲，站在櫃檯收錢，老闆娘夥著幾個辣妹，一律濃妝勁服，話聲嬌嗲，店裡大聲播放西洋流行金曲，有一種快節奏的興奮，生意旺極了。

父親以賣「大女服」出身，為了趕時髦搶客源，我們也開始賣少女服裝，但我們家的路線是屬於「大碗滿意」，店裡曾想過轉賣高價服飾，卻因爸媽不喜歡做文市生意，好像店裡沒有擠滿人就會恐慌，即使賺錢可以有更輕巧的辦法，但爸媽個性是賭徒，追求刺激與爽快的成就感，所以仍走拍賣路線。

那些日夜忙碌的日子，到了假日，連我們都忙得沒日沒夜，但混亂生活裡，我也有自己的排遣之道，總是會找到空檔，自己溜出去逛逛，彼時少女懷春，很想要漂亮衣裳，「撒哈拉」的老闆是我媽的朋友，買衣服可以打折，我總會在店前繞來繞去，經過幾次周折，終於選定一件洋裝，也像客人那樣進去試穿，我們家的試穿間就是一塊布圍起來，可是撒哈拉的卻是一小個隱密房間，裡面還有全身鏡，有讓客人搭配衣服的高跟鞋，連給客人裝衣服的袋子，都是牛皮紙袋上以粗獷字體瀟灑寫著「撒哈拉」，旁邊印上兩棵椰子樹影（長大後我才想起那不倫不類），當時我覺得提那紙袋多酷啊，反觀我們家，暗藍色的塑膠提袋上印著「銘龍」，唉。

懷裡抱著衣服，還要往前走，鑽進一小巷，吃「麵線糊」。一老婦推著攤車，每日只在那兒賣三小時，麵線糊加大腸與肉羹，我喜歡麵線糊的淺褐色的扁麵線，喜歡清得很乾淨的大腸頭切成小丁，非常愛惜似地每碗只加一點，我喜歡自己和旁邊那些成年人一樣灑脫，沒位置時，寧願捧著小磁碗站著吃。

吃完我還會打包帶回家，那時生意好，父母並不責問我哪去了，我急匆匆爬上閣樓，把新買的衣服再試穿一次，心想著，撒哈拉啊，我要去流浪。

台妹時光

廟東夜市

當年豐原小鎮最著名就是「廟東夜市」，顧名思義，夜市旁就是一個媽祖廟。八〇年代的台灣，到處都是商機，父母選擇在此營生，從一個街邊鐵牛車小販，到租下昂貴的店鋪，經歷無數波折，花去四年時間，開店那天，彷彿即將脫離負債的噩夢，小小店鋪潔白的牆，整齊地展示最時新的衣裳，母親在為人形模特兒穿衣，我們還好奇地把珍珠項鍊戴在模特兒的脖子上，父親看來也難掩興奮。鄰居送來的花籃、房東贈送的穿衣鏡，都貼有喜氣的紅紙條，寫著「生意興隆」「鴻圖大展」之類的字眼，父親拿著鞭炮到店外施放，原本已經很熱鬧的街，被炸開騰跳的炮紙花瓣似地灑滿路面。

店鋪狹窄，只把店後頭的空間隔出一個小閣樓，下頭是狹窄的休息空間，放了音響，鐵桌，電視，最後頭是浴室兼廁所，我們一家五口，就住在這上下加起來八坪的迷你空間裡。

三餐總是外食，自助餐打菜買飯，一家人輪流到小桌上吃，客人來了就有誰得放下碗筷去招呼。有些日子，父母會給我們零用錢，讓我們去吃「夜市」，夜市裡好吃的東西可多了，路口的「金樹鳳梨冰」，削成小條狀的鳳梨浸在一筒有碎冰的糖冰水裡，光是看了就清涼，他們還賣涼丸，與一般肉圓不同，是吃冷的。蹭著人群逛過去，大人愛吃的是幾十年老店的「清水排骨麵」，炸過的排骨酥燉湯，加上黃油麵，排骨軟爛，入口即化，湯頭鮮美。而我們小孩喜歡的是再過去幾家的「豐原肉圓」，油煎的皮香Q，內餡有飽滿的肉與竹筍，淋上特調的紅白黑三色醬汁，辣甜鹹香，店裡有賣貢丸湯，但熟客都知道，肉圓吃完拿碗去盛湯，殘留的醬汁，配上蘿蔔大骨湯，撒一點香菜、白胡椒，免費，還可以再添一碗。吃完肉圓，當然要吃「蚵仔煎」，這家的店鋪不到一坪，只能擠坐四五個人，鐵鍋就在過道上，沒泡水的小顆牡蠣實實的一把，調得剛好的太白粉一勺，打上雞蛋，最後要放一大把空心菜，煎得滿滿一盤，特調的醬汁是祕方，我們總覺得辣醬裡加了花生粉。吃到這裡肚子已經很飽了，但妹妹總還要吃上一包菱角酥，小攤子就在夜市出口，削成圓形的菱角裹粉油炸，剛起鍋最好吃。

有時，我不想吃那些肉圓蚵仔煎，要正正經經吃上一碗飯，就選路底的「圓環魯肉飯」，小小攤子是兩兄弟與始終臭臉的媽媽經營，攤位上賣的魯肉飯，是肥瘦剛好，剁得很碎的豬肉，滷得油香水滑，配上一顆滷蛋，一疊滷白菜，最重要是要喝她的蘿蔔草菇排骨湯，清燉湯，炸過的排骨酥煮得軟爛，光是這幾樣，就夠我們三小孩吃到撐。一日我到攤子幫母親打包，明明已經結帳，老闆娘卻誣賴我沒付錢，眾目睽睽，我只好又付了一次帳，自此，我失去了我最愛的攤子，也失去了對大人的信任，一直到離開豐原，我都不曾再去吃那家魯肉飯，那些日子，也正是我們開店的夢想開始變得嚴峻的時刻，生活，對大人或孩子，都是艱難而殘酷的。

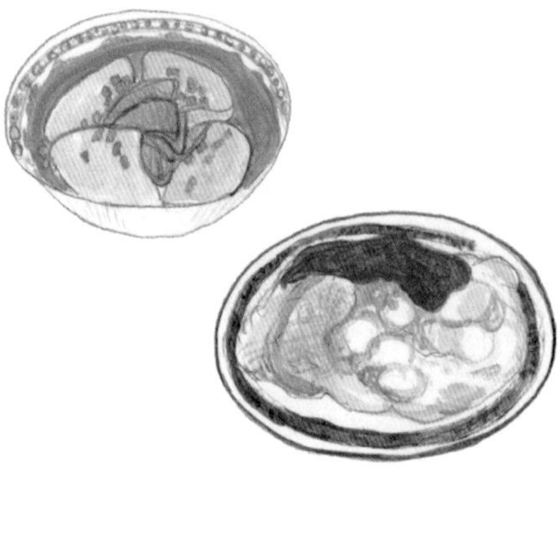

台妹時光

喉糖與翹鬍子洋芋片

服飾店的隔壁是委託行，再過去就是房東的麵粉行，寬敞店鋪裡乍看就是一袋袋麵粉，一台壓製麵條的機器，房東總是長年梳著西裝頭，穿白襯衫，西裝褲，房東太太端莊美麗，房東總是在麵粉行忙碌，房東太太則是穿著體面在兩家店之間來去，據說早年當過空姐，現在也還有美人特有的姿態，他們的兒子與我同年，都剛上國中，我讀的是鄉下學校，他讀的是明星國中。房東有幾兄弟，有兩個在台北發展，大哥在橫街上開了一家診所，他則繼承祖業賣麵粉，這條橫街上他們家族就占了一整排店鋪，著實有錢。

因為房東開設委託行，我們免不了要硬著頭皮去光顧，那年代，能買得到進口商品非得跑委託行不可，顧店的是房東最小的弟弟阿龍，遺傳他們一家的高䠷身量，斯文長臉，五官也頗端正，三十六歲還是光棍，因為腦部受過傷，智力明顯不足，說話有點瘋癲。我常到委託行幫爸媽買喉糖，給弟弟妹妹買洋芋片，都是店裡我們少有消費得起的物品，所以我與阿龍叔叔對話時間多，也常陪他看電視，幫他解說劇情，覺得他也不怎麼瘋癲，就是同一句話都會重複說上好幾次，他與房東太太一起站櫃檯，無論拿起什麼東西，拿起放下，放下拿起，不放心地確認兩三次，顯然是對自己記性不太有把握。

我上國三那年，店鋪翻新了，與哈庫賴拆夥，父親有了屬於自己的服裝店，不再是攤車小販，那台摩托三輪貨車便宜賣掉了，父親將封存在鄉下我的鋼琴運到店裡，母親也搬回家了，一家團圓，不久，我們甚至還僱了一個女店員。

娟娟姐白天在國中當行政助理，晚上到我們家顧店，高大的身量，深刻的輪廓，舉止言行都婉約，家境微寒，卻有種「大氣」，才上班沒幾天，阿龍叔叔就看上她了。每天晚上八點，阿龍叔叔必定會過來，送喉糖。

可苦了我們啊，喉糖是塑膠罐裝，一顆顆褐色方塊，一罐台幣一百多，金貴得很，阿龍叔叔跑來問問：「需要喉糖嗎？」我們哪敢說不，倒是娟娟姐看不下去了，從裡頭拿出罐子，對阿龍叔叔搖晃，「還滿滿的勒」，母親見僵持不下，就趕緊拿錢出來，我一見母親拿錢，就把罐子接過去。阿龍叔叔拿了兩百元，當然還要拿找錢回來，他不會搭訕，就圖個多看娟娟姐幾眼。我們家賣的是女裝，他根本用不上，他依然從店頭逛到店尾，眼神飢餓得可噴出火來。

這事後來不了了之，當然是娟娟姐不肯，她心高氣傲，才不想嫁給有錢人，母親也不積極勸說，後來聽說阿龍叔叔夜裡發病，滿地打滾，又哭又叫，喊著要娟娟姐當老婆。

我們倒是因此吃了不少翹鬍子洋芋片，房東太太拿來賠罪，母親堅持付錢，後來就是大街小巷都有的品客洋芋片啦，但彼時我帶到學校去，誰也沒見過這東西，我們偏愛起士口味，裹著一層橘黃起士粉，要一口氣吃得滿手沾染粉末，還要豪氣地把手指都舔乾淨，當時一罐六十元台幣，我都拿去討好同學。

喉糖遇熱則融，黏糊成一大團，卡在罐子裡剝不下來，假日年節，父母拍賣會喊得喉嚨沙啞，一罐喉糖傳來傳去，彷彿真有神效，我總是負責搖晃碰撞那罐子，想辦法把喉糖敲剝下來，娟娟姐不吃喉糖，一來知道貴，幫我們省錢，二來可能涉及某些不堪回憶，她倒想出好辦法，把整大團喉糖倒出來，放在盤子裡用湯匙敲，敲敲敲，誰也不知道她心想什麼，我猜她另有愛人，但可能是不順利的愛，因她臉上總有愁容。

台妹時光

餐廳秀與香蕉船

有些日子記不清楚細節，剛上國中，身子正在發育，什麼都不對勁似地，店裡總是人來人往的，小小店鋪裡，下午還悠閒著，天一黑人聲喧譁，爸爸媽媽都精神起來了，不知為什麼，我們幾個小孩不用顧店，叔叔阿姨說要帶我們去看「餐廳秀」。

這樣的事發生過好幾次，我們終於習慣之後，卻又像夢一樣消失了。

總是一群人兩輛計程車，車行到台中市區，我記不得那些店名了，似乎也沒有機會注意到，跟著大人暈呼呼地下車，進電梯，總是藏身大樓裡的一層，電動門外就可以聞到乾冰的氣味，那時節最紅的演藝人員，歌星，都要登台作秀，我不知我們入場要不要付錢，只知道台上表演，台下可能就是談判，我在秀場看過許不了變魔術，最喜歡看他的口技表演，海鷗、汽車、輪船、小喇叭，維妙維肖，那時我還沒看過卓別林，卻看了所有許不了的電影，在秀場裡的他是真正的天才，不只是演出那些山寨版的卓別林戲碼，而是一個全能的藝人，他說學逗唱，一頂高帽子，一個勾拐杖，臉上有油彩，就可以把場景變成山裡，海邊，可以喚出千軍萬馬，可以讓人哭，讓人笑，且當時他還有肝病，據說表演完到後台都得打止痛針。

我見過洪榮宏與洪一峰父子檔，父親收藏這兩人的黑膠唱片無數，當時江蕙還沒竄紅，洪榮宏還沒中槍，他斯文俊秀，氣質非凡，父親拉小提琴，他在一旁唱歌，看得出父親的嚴厲與他的壓抑。

我見過一些小牌藝人，有一位女明星的專長是表演長舌功，可以伸出舌頭舔到鼻子，台下大夥全笑了。

小孩子不懂那些大人話事，我們只愛吃牛排，最喜歡豪華的香蕉船，一大盤船型玻璃盤子，水果堆得滿滿滿，冰淇淋，香蕉，鳳梨，西瓜，蘋果，船首還會有小國旗（時常變換不同國家），最炫目的是服務生從裡頭端出來的時刻，整條船都冒乾冰啊，叔叔們給我們點的都是最大最貴的，乾冰簡直像是洶湧大海從眾人眼前穿過，得意啊！照例地，妹妹總是可以先吃香蕉船裡的水果，我則是要等到乾冰全融化了，才要動湯匙，我不太記得弟弟吃些什麼，或許他根本沒去呢，有些時候，叔叔阿姨只帶我一個人去，那時我感覺自己有特權，因我年紀長，自以為可以偽裝成大人。

餐廳當然賣吃的，裝潢俗麗，四周貼有許多鏡子，樓梯間走道上都是彩賀花籃，客人也都盛裝出席，場子裡坐滿能擠下百位，人人都吸菸啊，空氣都變得混濁了，台下的人儘管吃，台上表演有時精彩有時不然，舞台很小，距離觀眾很近，無論什麼表演，樂隊很響，主持人一想熱場就叫人噴乾冰，那時的台中，兄弟可能都聚在西餐廳裡了吧，轉頭誰誰誰都是認識的，大夥敬酒，大聲喧譁，有時突然隔壁桌的人打起來了，阿姨按住我們的頭，說，小孩子別看。

我不懂得餐廳秀花開花落，那時我也沒看過豬哥亮，倒是在夜市裡時常聽見廖峻和澎澎的餐廳秀錄音帶，孩子們喜歡模仿，整條街走到哪都是他們的嬉笑怒罵。

好日子裡吃牛排，壞日子裡吃泡麵，生活起落好大，正如夜市裡一到了下雨夜，總有那麼些淒淒慘慘的氣氛，街上跑的計程車空蕩蕩，行人沒幾個，我會想起某些特別冷清的演出，是墊檔藝人設法在暖場，台下客人一個不高興就把酒瓶子往舞台扔，我不記得那個藝人是誰，笑瞇瞇接住酒瓶，彷彿有特技，依然把麥克風穩住，接著他的表演。

乾冰又噴起來了，我沒吃香蕉船，倒學大人點了一杯咖啡，故作優雅地飲一口，好苦啊。

火拼

橫街的日子裡，有一段緊張衝突時刻，都是因為拚生意。起初是我們隔壁的男裝店「寶全」跟對面「福龍」男裝打對台，福龍老闆是幫派轉行賣服飾，店員都是兄弟出身，店面氣派寬敞，是我們家的三倍大，店裡從幾千塊的鱷魚牌，企鵝牌到兩三百的假鱷魚假皮爾卡登，西裝外套襯衫牛仔褲汗衫夾克皮帶皮夾應有盡有，靠近櫃檯的透明櫃子裡，擺得都是名牌皮帶領帶跟內褲，還有一大特色，當時道上兄弟流行穿什麼，只消看看他們店裡模特兒身上穿的就知道，也算帶動風潮。

業績自是不用說，整條街最賺錢就是他們，店員多，花銷也大，收攤後吃宵夜像流水席似地，老闆夫婦倆很闊氣，有什麼好吃好用的也常送到我們家來。「寶全」男裝來頭也不小，兩夫妻跟兩兄弟帶上一個漂亮的妹妹，據說是從台中來的，資歷深，貨源足，店面雖小，打的是游擊戰。所謂游擊戰，就是看福龍這會專賣什麼，立刻拿來降價促銷，老闆高頭大馬，兩個兒子也是高大帥氣，叫賣很有一套。福龍老闆娘有一小舅子阿勇，剛退伍，性子很火爆，人卻是良善的，那會他剛訂婚，老闆有意在潭子給他開家分店，他當然賣力學習。

照例地，星期六日熱場子，街邊上人滿滿滿，鈔票潮水一樣滾進來，寶全不知又使了什麼陰招暗步，兩邊人馬在街心我們家門口就打起來了，那時真分不清誰是客人誰是賣主，自然也弄不清楚誰對誰錯，一陣慌亂中，突然有人哀號，人群從號叫聲裡中心往外退散，有人喊「潑硫酸了」，客人紛紛走避，媽媽衝出來把我們拉進去，不久就聽見救護車的聲音。

鬧了好一會，生意都別做了，客人零零落落地，連警察都出動。

後來我才知道先打群架，之後阿勇氣不過，跑進廁所拿了洗廁劑到寶全潑灑，老闆傷了臉，大兒子傷了眼睛，小兒子也被波及。

我們家的貨攤傷了幾件衣服，木板上還留下燒蝕的痕跡。寶全在街市裡人緣並不好，因為好鬥，又是外來人，他們在台中做女裝起家，跑菜市場時跟我們遭遇，就一直釘住不放，在東勢菜市場就與我們產生紛爭，派人打傷過我媽，聲譽本就不佳，一開始到橫街目標就是我們家，沒兩年，見福龍男裝生意好，立刻開了男裝店，街邊上大家都說他們狠，但夜市討生活，不狠怎生存，我見過福龍的店員大哥拿槍到我們家寄放，說是風聲緊，我見過幫我們開車的叔叔後車廂放雙節棍，彈簧刀，風聲鶴唳，都想過會動刀動槍，可誰也沒想過，真正靠鬧事來的是個老實人阿勇，一小罐洗廁劑，使得老闆毀容，大兒子失明，小兒子掛彩，阿勇被判了刑，寶全老闆娘從一個凶狠的婦人，一夜白了頭，變成夜夜在門口指天罵地的肖仔。

哀矜勿喜，我爸媽是中立的，本就是小心謹慎的人，此後就更小心，我父母是目擊證人，兩邊都要他們作證，老實說，那天場面混亂，誰也沒法說清來龍去脈，照理說我們應該站在福龍那邊，因為寶全是商場上的敵人，過去對我們也從不留情，但爸媽誰也沒支持，選擇了沉默。

此後，楚河漢界，寶全沒再找誰麻煩了，這件事傷害了整條街人的心，做生意做到這地步，太傷了。

那或也是台灣經濟奇蹟的最後泡沫時光，一清專案來啟動，股票暴跌，百貨公司開張，此後橫街服飾店生意恢復常態，依然是條熱鬧的街，但我再沒見過那般魔幻的光景了，那些兄弟，阿姨，鶯鶯燕燕，那些瀟灑在店門口喊拍賣的叔叔，都避風頭去了。

台妹時光

清粥小菜與蚵仔蛋

大學聯考當日的早晨，父親開著他的藍色福特全壘打從服裝店出發，車上載著年幼的弟弟與妹妹，還有穿著制服、因為緊張而顯得面容麻痺的我，考場在台中市區的台中二中，我不知父親是否先問過路，個性謹慎近乎緊張的他，當然是夜裡沒睡好，警醒著免得睡過頭，透早就喚醒我們，嘮叨叮囑我別忘了准考證，我慌慌忙忙收拾行李，所謂大學聯考至關生死，但我似乎已經超越了那種恐懼，我剛從母親的娘家嘉義市閉關回來，身體心理都尚未適應，但也得硬著頭皮上陣啦！

父親在駕駛座嚴肅地開車，弟弟打著瞌睡，我與妹妹聊天，車子離開店鋪，忽地停在一處，我們都歡呼，是王嫂清粥小菜店。其實就是自助餐，店裡長年燈光暗黯，鐵皮屋到了夏天更是熱，入口處明亮，越往裡走越暗，架子上兩排鐵盤，從清晨賣到深夜，早上是清粥小菜，中午是自助餐，到了晚上攤子變身，成了「鵝肉店」，鵝肉貴啊，父親常買回「鵝掌」，一隻十元，買十送二，還附贈一大包鵝肉湯，家人會用電磁爐加熱肉湯煮麵，配上脆嫩的鵝掌，照樣吃得出鵝肉香。那是宵夜了。宵夜與早點對我們都是稀奇的事，那意味著有重大的事件，一向儉省的父親不輕易使這兩件事發生，這天停在王嫂的店，意味著我的聯考對我們家是件大事，我返家前父親便在我們居住的小閣樓裝上了冷氣機，這日又帶我們去吃早點，他嘴上沒說什麼，但我知道，這是獨特的待遇。

煮得恰到好處的白粥裡浮著番薯塊，清甜啊！小菜喜歡什麼自己夾，大多是些醃漬品，菜心、蔭瓜、豆腐乳、剖半的鹹蛋、清燙的番薯葉淋上蒜泥醬油，使我們歡呼的不是這些，而是「蚵仔煎蛋」，這是王嫂的招牌菜，跟一般蚵仔煎不同，就是蛋液裡放進滿滿鮮蚵，油鍋裡煎得煎黃焦香，外酥內嫩，燙嘴也不怕，因為比一般小菜貴上許多，我們沒點過幾次，吃了這道菜，滿嘴油香鮮甜，覺得可以好好去考試了。

考場裡熱烘烘的，父親眼尖找了棵大樹蔭涼，鋪上塑膠墊，涼水紙扇統統拿出來，跟著別人家一樣，考生總被服侍得好周到，我心裡害羞，躲一旁念書去了。

每堂考試出來父親都會用緊張又壓抑的眼光看我，弟妹傻呼呼地看漫畫，樹下懶洋洋地瞌睡，我則彆扭地啃著那些已熟讀不下的課本，誰要跟我說話我就跑。到了最後一堂考試，我提早走出了教室，父親終於按捺不住問我：「這麼早出來，不多檢查幾次，有把握嗎？」像是要責罵我，我點點頭，說：「檢查好幾次了，會寫的不會寫的都寫了。」

考場熱鬧彷彿嘉年華，走出校門好多補習班的人過來招攬，贈送答案卷，父親都不拿，可能怕被補習班的人觸了霉頭，我偷偷拿了一張猜題解答，塞進背包裡。「我們去吃牛排。」父親說，弟妹都歡呼起來，我們一行人走向牛排館時，我看見父親的臉，疲憊又鬆懈的樣子，他沒再多說什麼，但我知道，他盼望我將來能成功，能擁有他不曾擁有的人生。

台妹時光

母親的玉米排骨湯

初三那年，我們關閉鄉下的透天厝，只帶走必要的物品，搬到豐原服裝店裡住，母親就返家了。

記憶中的母親與真實不太相同，分離的時間裡，我們偶爾也會看見她，一星期一次兩次，或一個月一次兩次，總是在假日，假期裡的母親是城市裡的母親，穿著時髦的衣裳，臉上撲粉彩妝，對我們客氣而周到，在攤子上幫忙，或者帶我們到什麼地方去遊玩，我們都知道那是母親，卻也知道那不是母親，彷佛真實的她寄存在某個隱密的地方，我們全家都暫不去提取，那個寄存之處存放的，除了母親，也有我們全家每個人的一部分，我們像是早有默契那樣，誰也無須說出什麼地，走進那個寄存區，讓自己心中最珍貴的什麼，遺落在那兒，然後走向未知的人生。

狂風暴雨。

從寄存區將母親提領出來，原來是那麼費事的舉動，為了區隔債務而辦的離婚，毫不張揚地又去公所辦理結婚登記，母親扔掉那些時髦的衣裳，只留下必要的保養品與一小盒彩妝，母親帶回一套白色烤漆附有梳妝檯與整組抽屜櫃的家具，父親將之放置在店鋪最後間的休息區，我們會輪流去把其中隱藏著的小椅子拉出來玩，椅子附有紅色的絨毛坐墊，墊子掀開又是一小抽屜，母親的化妝品與簡單的首飾都在其中收藏。

寄存區提取出來的，沒有「廚藝」這項目，記憶裡孩童時母親白日背著孩子的她帶著還沒上小學的我，到附近的成衣工廠幫人煮飯，下了工每日洗手羹湯，包辦大家族全部伙食，這樣的過去，不可能不善廚藝，但從寄存區回來的母親，確實成為一個不善廚藝與家務的女人了，小小店鋪裡沒有廚房，每日我們都去附近餐館打自助餐回來吃，感覺母親急於彌補，或恢復舊日的自己，她上市場買回鮮嫩排骨，帶殼生玉米，用店裡泡茶的小瓦斯爐，隔壁借來的大湯鍋，說要熬排骨湯，沒有流理檯，食材是在浴室洗手檯清洗，拿到梳妝檯上用水果刀努力切塊，孩子們都在等，店裡的客人也好奇張望，母親似乎屏住呼吸，像做什麼精巧的實驗，蔥花切段，她勻長手指幾乎融入了那白蔥段，十分美麗。水滾，排骨也滾動，玉米段漂浮著，金黃色澤格外漂亮，有時客人多了，母親會急忙到前台招呼，我就幫忙看火，大大鍋勺不停地攪動，母親回來時，輕叱說：「動作太大，玉米粒都被你攪下來了。」我有些靦然，卻執著要幫忙看顧爐火，我心知這鍋湯對初返家母親格外重要，這個看似平凡無奇的湯，正是寄存區所有記憶的熔爐，要通過這鍋湯的考驗，母親所有的面向才會全部返回，她拿著調味瓶，不放心地一點一點加鹽，嘗了又嘗，不懂廚藝的我也感覺過鹹了，她又急忙加水，父親似乎察覺什麼異樣而走過來，拿起湯勺嘗了一口，

「可以了。」他宣布，「不會太鹹嗎？」母親怯怯地問，「很好喝。」父親說。

「去端碗來。」母親歡喜地說，一套大同磁碗，花色婉約，是鄉下舊時光唯一帶來的廚具，向晚時分，我們一家五口各自端著湯，或坐或站，奇怪地並不聊天，只專注地喝湯，電視節目播放著，也沒有人注意去看，湯是太鹹了，卻也有濃郁的甜，母親似乎偷偷加了砂糖，也或許就是甜玉米的滋味，我們把湯喝得鍋朝底了，都熱出了汗，母親額頭生汗眼角濕熱，熱霧融化了她的妝，曾經的她，從那剝落的粉彩中浮現出來。

輯五
少女的祈禱

憨人的雞蛋糕

有一種香味，來自記憶深處，竹林與荔枝園圍裹的小聚落，我生命中尚未崩壞的部分，天真歡快的童年，香味來自攤車上一具神祕的模具，刷上花生油，倒入雞蛋麵糊，熱炭爐火烘烤，鐵盤印痕裡流淌的麵團逐漸煎熟，午後童年鄰家的曬穀場都是那個香味了，我記得它是手心大的葉片形狀，但有時又覺得是手掌大的貝殼狀，那形狀忽大忽小，不是橢圓也非正圓，更不是一般蛋形的雞蛋糕，製作方式更接近紅豆餅，「口味跟紅豆餅不一樣，好吃多了。」我再三對她強調。口齒不清解釋不了，要描述那美味，已經沒有了語言，正確無誤的是餡料有紅豆奶油，最重要是第三種高麗菜口味，高麗菜？又不是包潤餅，這麼怪的雞蛋糕？不，我哀嚎，多少年夢裡最難忘記就是那炒著蝦皮的高麗菜的鹹與脆啊，包在甜香的雞蛋糕裡，甜中有鹹，酥裡帶軟，是說不出的複雜滋味。

夢裡深處，是等待的時光，聚落裡人們所有公共事務的聚會的稻埕，不曬穀子的日子，婚喪喜慶的宴席，搭棚，沒有慶典的時間，是最尋常的鄉間一景，大人不知哪去了，到處都是小孩，踢毽子、跳格子、彈彈珠、跳橡皮筋，忽然大家都擁向同一處，必然是二堂伯的攤車出來了。曬穀場的主人，堂叔公，是我們聚落裡最有錢的大家族，生有兩兒子，大堂伯精明幹練，有乃父之風，理所當然繼承家業，不受父親喜愛的老二，一張與世無爭的憨厚圓臉，傻笑的樣子令人安心，很適合作孩子的生意。我的童年時代，每天午飯後，二堂伯就從倉庫推出做生意用的三輪車，後座是設備齊全的小攤位，夏天賣叭噗，秋冬賣雞蛋糕，攤車從竹圍聚落出發，一天繞行幾個村落，入夜才回來。車子一推進稻埕，孩子們就都圍攏過來，叭噗很像是芋頭冰，口味多種，冰淇淋鐵匙一夾一剷，刨出個小圓球，二堂伯還會擺上小圓盤，快速旋轉，讓小孩射鏨子玩抽籤，軟木塞製作的圓盤上密密麻麻做了記號，只有百分之一的機會可以射中大獎，「天霸王」，就能得到拳頭大的巨無霸冰，像是金手裡取出獎賞。

星期日弟弟妹妹來家中作客，我們分吃著阿早做的餅乾，我提起了阿伯的雞蛋糕，「我記得」「我也記得」弟弟妹妹搶著發言，妹妹說只有小學二年級吃得到第一輪的雞蛋糕，剛抹上的花生油使得麵團充滿香氣，不那麼酥脆，更接近法式軟餅的濕軟，弟弟說喜歡紅豆餡，二堂伯製作的餡料相當豪邁，掌心大的雞蛋糕填進紅豆或奶油就會整個撐開，外皮烤成金褐色，甜的鹹的都對味，我們姊弟三人鮮少核對記憶，這是第一次，我們一夜說了好多往事。二堂伯後來在街上租了店鋪，開始做起製冰生意，憨傻的他也有成功一日，終於把攤車收起，甚至開了工廠，專心賣冰。「不知道那個模具還在不在？可不可以問他要食譜？」我說，我渴望擅長烹飪

台妹時光

的早餐人為我再現那夢裡才有的美味，但，會不會我們的記憶錯誤了呢？萬一那口味只猶如街頭尋常的紅豆餅，該怎麼辦？

天台上的兒童樂園

成年的姊弟三人閒話家常，說起了童年舊事。我們生長在神岡鄉一個小村子，四周都是竹林圍繞，上學得走路到街上，我與最小的弟弟相差六歲，等他上小學我已經去更遠的地方上中學了，有幾年時間裡，我們三個隨著在市場裡擺攤的父母，吉普賽人似地在台中縣市各處遊走，那些窘迫慌亂的日子，我鮮少與弟妹談論，我從不知他們如何看待過往。

家裡經濟狀況還好的時日，是八〇年代的台灣，經濟起飛，我們也趕上過一陣子好時光，那會，每隔一段時間，母親便會帶我們到台中市區的百貨公司玩。我記得我們三小孩去親親或是來來戲院看過電影ET，黑壓壓的電影院滿座，我們擠站在一旁，最後ET起飛直奔太空，所有人都站起來歡呼。「我還記得北屋百貨。」弟弟說，「玉米濃湯跟涼麵。」他又說，我簡直不敢相信他還記得，北屋百貨後來變成龍心百貨，再後來是誠品百貨了。

北屋百貨公司樓下一角的美食區，鄉下孩子的我們還沒見識過的外來食物，我一直不記得主食是什麼，只記得我們總是雙手合抱著那既像杯子又像碗的容器，喝著熱暖黃香的濃湯，小勺子舀起玉米粒，湯裡還浮泛著蓬鬆蛋花如流雲，「涼麵！」妹妹也附和，我真不記得涼麵是日式台式哪一種了。倒記得有時媽媽會帶我們吃樓上的港式飲茶，寬大的餐廳隱身在百貨公司樓層裡，裝著各式點心的小推車，推車上的小蒸籠，白色磁盤堆得老高，吃起來有一種氣派，吃完飲茶照例要買衣服，我跟妹妹相差四歲，身材差別極大，但母親總是硬要給我們買一式一樣的洋裝，吃吃喝喝，買東買西，最後到達樓頂的兒童樂園。

許多時光裡，我總以為那是我個人的想像，那些記憶是從錯亂夢中逸出，是我為虛構小說時溢出文本的故事，因為在我成年後的腦子裡無論如何拼湊，依然覺得魔幻，兒童樂園在最高樓，電梯直達樓頂，就可以聽見嘈雜的器械與音樂，那應該是在室外吧，因為記得有小型的摩天輪，記得有小小的旋轉木馬，記得賣棉花糖爆米花的機器，記得我最怕也最愛的一種遊戲機，叫做「搖滾樂」，孩子們由服務員引導進了一個小包廂，像纜車的半密閉車廂，圓形的主體牽拉拖曳出那些車廂由慢至快開始旋轉，每一個包廂會在主體旋轉的過程慢慢的上下滾動，最緊張恐怖的便是整個人頭腳顛倒那麼凌空轉了一圈，身上的零錢掉落一地，孩子們就會尖叫。我想一定沒有更大型的遊戲如雲霄飛車之類，我總是一次又一次地搭上那個搖滾樂，等待頭腳顛倒的剎那，盡情尖叫。

「我記得我記得，」妹妹喊著，現實裡我們都已經是三四十歲

台妹時光

的中年人了，但，只要我們三人一聚首，現實時間便被脫去，又回到那三個在百貨公司裡的兒童，搖搖晃晃的記憶裡，有時，我們會到台中公園划船，那時公園對我們而言已經是個森林，大白天裡穿上百貨公司剛買的紅白色洋裝，頭髮梳成小甜甜的造型，隨著叔叔阿姨一起，還有他們的孩子，漫無目的地在公園遊晃，最後到了湖邊，我們三人上了一艘小船，不知為何由妹妹划槳，我彷彿不在場似地，卻又記得那湖光水色，湖心裡的涼亭，湖邊逐漸遠去的阿姨們揮手，人群裡沒有媽媽的身影。

我們興奮地拼湊記憶，在成年之後的一個夜晚，我驚訝於他們倆記住的，也驚訝於我自己遺忘的，我記得曾在抽屜裡見過那張照片，紅白洋裝在湖邊，我們身邊站了一些人，但他們是誰呢？童年的一切後來除了記憶不留下任何痕跡，但我至少知道這一切不是我個人的夢，令人安心又傷心地，從記憶邊緣窺看了整個時光，那像是被凝凍在時間之外的，天台上的搖滾樂，再來一杯的玉米湯，ＥＴ飛上天，許不了變魔術，那些記憶是真的了。

夜裡，我們送弟弟下樓，妹妹留下來過夜，我們沒再多說了，有許多話，到目前為止還沒有能力將之說出口，已經說出口的，會在現實裡成為無法抹滅的存在，夜裡我仍恍惚著，更多記憶浮現出來，我們如何搭著公車回鄉下，穿過竹林走漫長的路，聚落裡屬於我們家的小透天厝，磨石子外牆仍嶄新，屋裡卻是一片凌亂，但我們很興奮地睡著了，旋轉木馬的音樂聲彷彿還迴盪著。

夢裡我再度顛倒夢想，翻滾一次，身上所有的物品掉落，似乎也抖落了我太過早熟的悲傷。

台妹時光

清晨的水煎包

隱約記得是剛上小學頭兩年，有一段時間早晨都在不同地方醒來，爸媽到底忙些什麼呢，不清楚，天色還暗著，四五點鐘，他們就將睡夢中的我叫醒，迷迷糊糊穿上制服背書包，父親開著小貨卡，我們三人擠前座，這時間去上學當然太早，他們就將我放在學校附近放在大廟前的，廟祝老爺爺喜歡吃燒餅油條，我愛喝米漿，他會給我一張藤椅，讓我坐著打盹，聽得見他用竹掃滑過地面的聲音，他點燃香燭，把厚重的木門推開，街道隨著天光，隨著有人將路燈全熄滅，嘩啦啦店家拉開鐵門，腳踏車經過，當時偶爾才有摩托車與汽車的卜卜聲，世界彷佛一點一點甦醒，我終於醒透了，抖擻起來，上學去。

不知為何，父親覺得大廟危險，又將我改放在一家水煎包店，給我幾十塊錢，要我等到路上有學生走動，才跟著路隊去上課。店鋪只有兩坪大，伯伯在後面擀麵皮，包餡料，我在店面小椅子裡窩睡，伯伯把材料準備好，就到前頭小桌上來包，我也可以捏著玩，清一色豬肉高麗菜，就一味，加上伯伯自己煮的豆漿，賣的都是附近上工的工人與學生。

我還沒長見識，也不太會與人交談，伯伯的鄉音很重，我們幾乎也沒談話，店鋪上一盞小燈泡，在清晨從藏青色逐漸轉透，清亮起來，那戲劇性的光度裡，小燈泡微黃的燈光，簡陋的店面，伯伯獨身而老邁的模樣，使得年幼的我覺得感傷，送報生來了，我會去接報紙，就著天光翻閱，我識字了嗎？不知道，好像只是想找點事情做，一兩個小時間，我只是等待著，等著伯伯終於把第一鍋水煎包準備好，遠遠看見第一波客人也從路的那頭慢慢走過來，天色幾乎是嘩地一下子變亮了，隔壁的腳踏車店老闆打開鋁門，探頭出來跟我們打招呼，「阿妹乖」，我從椅子上蹦蹦跳跳起來，進去玩一會腳踏車輪子，老闆娘滿頭髮捲走出來，「父母怎麼當的？這麼小就帶出來。」她碎唸著，問我餓不餓，我咚咚又跑回水煎包店，伯伯要下鍋了，這是我最喜歡的時刻，他屏氣凝神，將胖大的麵團一一擺進圓鍋裡，繞圈圈地一一擠挨著，我總是擔心這麼排下去位置夠嗎？有時會緊張得站在小凳子上猛瞧，當然，每一次那些麵團就像生來就這麼安頓著似地，完完滿滿地，占據了一鍋子，伯伯會用小鐵壺淋上一點水，把鍋蓋放上，調整火量，接著就是等。

客人總是剛剛好就在排隊了，有上班族，有工人，有父母帶著孩子，有高年的學生獨自來，有三兩成群的國中生，等待的時間，伯伯就去裝豆漿，塑膠袋一包一包，紙糊的袋子一疊放好在手邊，掀開蓋子，用小平鏟起鍋，第一份一定是屬於我的，那一整鍋最核心的兩顆，我私心認為是最好吃，底總是焦焦酥酥地，面皮柔軟，餡料鮮甜，兩顆水煎包加上一杯豆漿，十五元。接過我的早點，我就在一旁的小椅子上悠閒地吃，直到排隊的客人有位我的同學，是附近自助餐店的女兒，看見她來，我就起身，跟伯伯說：「我去上學了」，「過馬路小心啊！」伯伯喊著。

稀薄晨光裡，一老一少，非親非故，日復一日地，他看顧我，我陪伴他，直到有一天，父母不再將我帶去那兒了，我恢復了小學生該有的作息，偶爾我還路過那家店，依然買兩個水煎包，伯伯還是那麼親切，我突然長大，那如夢似露的晨間少女隨著陽光蒸發，不再是我了。

台妹時光

阿嬤的茴香菜

黃昏市場裡看見阿婆賣菜，小推車擱塊板子，上面擺了自家種的菜，幾個婦女圍觀選購，阿婆說：「這個茴香很嫩，只剩兩把了。」我一聽茴香二字，也趕緊擠進人圈，見花衣婦人拿了一把，我不假思索立刻抓起另一把，A納悶問我：「這怎麼煮？」我廚藝不行，但對茴香真是想念得緊，來台北十年，只吃過一回，記憶中煮湯清炒，加顆雞蛋，都說是「補」。

我問阿婆「茴香怎麼煮」，隔壁的販魚婦人也來湊一腳，都說要爆薑片，用麻油，「可以加蛋嗎？」我問，魚婦說：「煮好打一顆蛋進去」，阿婆說：「茴香菜最好吃了」。我寶貝似地捧著袋子裡的茴香，沒想到走幾步路又遇上個小推車阿婆，斗笠下的臉黑而小，皺紋滿面，她推車的菜新鮮飽滿，紅菜、菠菜堆疊成把，一旁就是更綠嫩的茴香成堆，啊，後悔了，相較之下我手中這把是老而憔悴。

茴香菜老了，廚房裡我拚命選摘嫩葉，把老梗都去掉，A對茴香子這香料熟悉，但茴香菜卻很陌生，依照魚婦與我稀薄的記憶指引，還是做出了一盤香氣四溢的茴香炒蛋，我守著盤子大口夾菜，猛往碗裡扒飯，對A來說過於濃重的香氣，一瓢一舀，都挖掘出我的記憶。

童年時父母都忙，我自小多病，阿嬤總特別留神照顧，我對她有記憶時，她已經駝著好大一個背，早白的頭髮似雪，總在三合院裡編織草帽。祖父是養子，只繼承到一畝薄田，一個小小三合院，我們是村圍裡陳氏家族中最貧寒的一支。大人上工農忙，小孩就在院落裡玩，阿嬤時常帶著我到處去，河邊洗衣，田裡送午飯，院子裡打掃，廚房大灶鏟煤灰、生火、炒菜，阿嬤總是帶著我，物資缺乏的年代，我卻偏是個藥罐子，家裡什麼好吃都是我先嘗。

我一直在流鼻血，記憶裡口腔中都是倒流的血腥味，乾黃瘦的身體眼看熬不過冬天，過日子重要，平時就得補，母親買來參鬚泡白開水，日日讓我當茶喝，院子裡的雞養肥了，殺來燉了湯。還有怪偏方，阿叔去池塘裡抓泥鰍，放在院子裡的小水盆養，祖父到自家田裡挖出被泥水蓋過的稻梗頭，交給母親洗淨，阿嬤起大灶把泥鰍跟稻梗一起燉煮，說是從根本補起。那些偏方我不愛，都是滿院子追打著抓到了才硬逼著吃，我最喜歡的，還是阿嬤做的補品，都是菜。

農家裡秋冬之交常見茴香菜，自家種的、鄰居給的，餐桌上總是有，麻油是一定要的，薑絲薑片，乾炒加蛋，煮湯也可以放雞蛋，孩童的我也知道秋冬的難熬，一到季節，廚房裡就都是茴香氣味，首先是我愛吃，再來是阿嬤深信其療效，

「吃不下也無效。」這是阿嬤的哲學，要大家別再折騰弄什麼泥鰍土虱，正正常常給我吃喝，「吃乎肥，就不驚」，我愛吃米飯，愛吃雞蛋，吃蔬菜，都是小時候養成的習慣，阿嬤沒有把我養肥，但我至今仍記得那樣的茴香氣味，貧寒的我們，守著一鍋熱香的湯，湯勺舀起滿滿的菜，我感覺口鼻裡不再有血腥味，都是那奇異的香氣，從胃裡溫暖起來。

台妹時光

打工妹的臭豆腐

國小五年級，因為患了頭蝨，被老師安排坐到「頭蝨梅花座」，四周都是家裡貧窮，父母忙碌，或單親的孩子，一整個月日日相覷，故而結交一好友M，家中是打鐵店，一日她問我要不要參加「員工旅遊」，原來她夜裡總要去打工，大甲溪烤肉之旅，就此認識了她們公司的老闆與同事。所謂的公司，就是透天厝一樓客廳即工廠，「做醬菜」，去了才知道老闆原是班上另一男同學的父親，這位男同學成績總在三名內，與我是競爭對手，父母疼愛有加，對於有學校同學在家裡打工一事從不露口風，旅遊那日回程路上，老闆夫妻問我要不要去「打工」，「打工」這字眼太吸引我了，儘管從小我就跟父母在市場裡擺攤，但這還是第一次有機會靠自己的能力賺錢，有種「我要長大了，可以幫忙父母還債」的興奮之情。

六七個人組成一生產線，負責包裝，生產線分三道，第一道盛裝磅重，第二道用紅色塑膠繩打包，第三道裝箱，白日裡老闆與老闆娘已經把各類醃漬醬菜都做好，生產線第一關就是老闆負責扛來一缸一缸的醬菜，我們幾個女學生負責秤重，打包，我是菜鳥，負責第一道，把那些醃蘿蔔，豆腐乳，紅色小乾絲等從大缸裡舀起，裝進小塑膠袋，每包都要秤得剛剛好。放學後三個小時，賺得一百元現金，收工回家村子都熄燈了，我騎著單車飛快穿過黑暗的樹林，林投姐之類的鬼故事總發生在樹林叢中，黑燈瞎火，半個人影也沒，總嚇得大聲唱歌才不會害怕。起初真以為自己每日賺的這一百元可以幫助家計，不到一個月，我也學會跟其他學生去「吃宵夜」。

街上大廟邊擺了一攤臭豆腐，我們四個要好的姊妹夜夜去光顧，不安全感造就的豪氣，我總是要請客才能安心，兩三盤臭豆腐吃下來，打工錢也差不多光了，我口袋空空騎車回家，卻吹著口哨，感覺自己交了朋友，懂得義氣了，老闆與老闆娘因為我是副班長待我特別好，有時會給我小費，我拿了更不安心，夜裡撒錢撒得更氣派，吃了臭豆腐不夠，還要叫上隔壁的蚵仔煎。

炸得外表酥脆內裡軟嫩的蓬鬆臭豆腐，用鐵夾子在中間戳一小洞，放進高麗菜與紅蘿蔔製成的酸甜泡菜，最上頭澆淋醬油與自製的豆瓣醬，想更刺激點，就淋上一小勺蒜末，豪氣的老闆會在盤子上再堆一把泡菜，關上門的大廟，靠著路燈照明的小攤位，四周總是喝酒的成人，只有我們這桌，一群毛頭小孩，擺兩罐汽水，怪腔怪調學人使壞。鄉間小村落算不上什麼混太妹，就是下了課愛閒晃，我結交了課堂上無法一起討論功課的好友，過著自己都不理解的夜生活，彷彿是對突然降臨生命的家庭變故生起反叛心，因為特別害怕，我偏偏夜裡要穿過那樹林，因為知道老師瞧不起我，故而要去結交令他頭痛的人物。冬夜裡，嘴裡有蒜味，呵出的氣味自己並不喜歡，我吹著口哨再度穿過樹林，遠遠地，看見妹妹站在竹圍路口等我，我飛快地騎著車，口袋裡的零錢哐噹作響。

台妹時光

黃昏的賣菜攤車

差不多是小學高年級傍晚下課跟著路隊走到家，匆匆跑上二樓把書包放好，又溜下一樓到我們竹圍中心伯公家的稻埕玩一會跳繩，看見各家婆婆媽媽們都挽著菜籃子聚集到稻埕來，就表示賣菜阿義夫妻的菜車來了。天未黑車頭燈就大開光線從竹圍入口滑下小坡，因重量折彎的竹叢葉片沙沙掃過後車斗的頂棚，車身重，開得緩，孩童的我總覺得那車是滑溜下來的，兩百公尺距離吧，好緩慢。

竹圍第一戶是荔枝園人家萬姑婆，姑婆德高望重耳背腿腳不好，阿義會像開前導車為她開路似地慢行，高大的阿義嫂這時已經跳下車了，伴著萬姑婆前行，往前開十公尺，大伯公搖蒲扇看車停在他家門前，無言催促大家集合，幾乎不是按照家戶地理位置，而是村圍裡姑嫂婆媳的長幼尊卑，伯公家大媳婦先到，姑婆的二媳幾乎是小跑步追上來，我家阿嬤頂著竹圍裡最駝的駝背一現身，我就從她身旁小縫鑽了出來，這家那家阿妗阿姑阿嫂阿姐全都到齊，阿義嫂眼色好穩穩記住誰要啥要啥，八爪魚似地雙手在空中抓拿遞給，我最喜歡他們布置菜車的樣子，從車廂最裡靠前座的窗玻璃隔間等比一路往下，梯字狀的擺設，最高遠處就是逢年過節才需要的香菇乾魷魚等乾貨，堆在布袋裡的白米、麵條，按種類大小積木堆高的罐頭，然後是各式的蔬果雜貨，等於小雜貨店加上一個菜攤應有盡有，這梯狀如山巒起伏，隨著需要而突高或下沉，阿義嫂人高馬大，阿義卻是個小個子，於是阿義嫂負責伺候婆媽們點菜，阿義則猴子似地在車廂裡鑽來爬去，「豬肉一斤」，有，「白米兩斤」，來，空心菜地瓜葉高麗菜要什麼自己拿，我喜歡看阿義嫂拿著秤仔細地磅著草繩子綁著的五花豬肉，大夥都屏氣凝神地看，味精的紙盒子堆得山高似地，被某家媳婦懷裡抱著的孩子一推，嘩啦拉倒下來。

菜車除了帶來新鮮蔬果，也帶來遠方消息，當時電話還沒普遍，有什麼傳話託給阿義嫂還快些，街上大多住著發達的親戚，有時也寄託一些包裹、禮品、會錢，甚至藥膏，街上的洋裁行把衣裳做好了，也託他們帶，這一整車披披掛掛走過整個村莊最隱蔽的聚落，家族的消息也隨著這貨車移動傳達。

因為母親不在家，我也開始學燒飯煮菜，倔強的個性即使半點不會也要裝模作樣，我所有料理知識都是在這攤車上學的，比如怯生生開口買了半斤豬肉，義嫂就問，要炒什麼，我當然不知道，她順手拿了幾塊豆乾，一瓶醬油，豬肉幫我片成小塊，聊天似地說，蔥蒜薑都切片，油鍋先爆香，豬肉下去炒，豆乾是熟的炒熱就好，醬油一次一小勺，一聞到香味馬上起鍋。

空心菜吃嗎？雞蛋會煎否？青菜豆腐湯行不行煮？「瓦斯火要顧好。」「可憐沒媽孩子啊。」婆婆媽媽圍上來了。

阿嬤聽見走過來了，像要維護家庭尊嚴似地，護住我的身體，我臉紅結帳，阿嬤也提著一小包紅糖，催著我回家了。

傍晚時分，我完成了人生第一道豆乾炒肉片，空心菜湯，白米飯燒得剛剛好，門關得嚴實，誰也瞧不見咱，弟弟妹妹還小，無法判斷口味，只顧傻傻吃，我把他們的飯碗裝滿，家家酒似地圍著茶几吃飯，「好鹹」才剛咬下豬肉我就懊惱，醬油放太多了，可憐弟妹天真浪漫，吃得正香，我大口扒著米飯，艱難地吞嚥，我想著父母並非有意拋棄我們，只為人生艱難，他們得像那菜車夫妻，隨著夜色鑽進山城某處，吆喝著為別人帶來家庭溫暖，自己為掙錢飄流浪蕩，只得讓孩子們在家孤單。

我想像父母所在的街市，街燈燦亮，人潮洶湧，他們歡快地收錢找錢，鈔票把布袋子塞得滿滿，只偶爾從客人撿選的五彩衣服堆裡抬起眼睛，感到心窩一陣隱隱的疼痛，似乎想起了什麼，又搖搖頭趕緊專心回到買賣裡。

天際邊，最後的炊煙升起了。

文學叢書 363

台妹時光

作　　者　陳　雪
總 編 輯　初安民
責任編輯　洪玉盈
美術編輯　蔡南昇
校　　對　謝惠鈴　洪玉盈　陳　雪

發 行 人　張書銘
出　　版　INK印刻文學生活雜誌出版有限公司
新北市中和區中正路800號13樓之3
電話：02-22281626
傳眞：02-22281598
e-mail：ink.book@msa.hinet.net

網　　址　舒讀網http：//www.sudu.cc
法律顧問　漢廷法律事務所
劉大正律師
總 代 理　成陽出版股份有限公司
電話：03-3589000（代表號）
傳眞：03-3556521
郵政劃撥　19000691　成陽出版股份有限公司
印　　刷　海王印刷事業股份有限公司

港澳總經銷　泛華發行代理有限公司
地　　址　香港筲箕灣東旺道3號星島新聞集團大廈3樓
電　　話　(852) 2798 2220
傳　　眞　(852) 2796 5471
網　　址　www.gccd.com.hk

出版日期　2013年7月　初版
ISBN　978-986-5823-22-1

定　價　299元

國家圖書館出版品預行編目資料

台妹時光 / 陳雪 著；
--初版，--新北市：INK印刻文學，
2013.07　面；14.8 × 21公分（文學叢書；363）
ISBN　978-986-5823-22-1（平裝）

857.63　　102011398